말 잘 듣는
착한 어른

말 잘 듣는 착한 어른

초판 1쇄 인쇄일 2020년 10월 5일
초판 1쇄 발행일 2020년 10월 12일

엮은이 김옥성
펴낸이 양옥매
디자인 임홍순 임진형
교 정 조준경

펴낸곳 도서출판 책과나무
출판등록 제2012-000376
주소 서울특별시 마포구 방울내로 79 이노빌딩 302호
대표전화 02.372.1537 **팩스** 02.372.1538
이메일 booknamu2007@naver.com
홈페이지 www.booknamu.com
ISBN 979-11-5776-944-5 (03800)

이 도서의 국립중앙도서관 출판시도서목록(CIP)은 서지정보유통지원 시스템
홈페이지(http://seoji.nl.go.kr)와 국가자료공동목록시스템
(http://www.nl.go.kr/kolisnet)에서 이용하실 수 있습니다.
(CIP제어번호 : CIP2020040586)

말 잘 듣는
착한 어른

· 김옥성 두 번째 에세이 ·

책나무

　즐겁기도 하고 슬프기도 했던 세월의 삶을 이렇게 돌이켜 볼 수 있어 새삼스럽습니다. 제가 살아온 삶에서 해 왔던 일도, 겨울의 아름다운 풍경도, 예쁜 낙엽을 품은 가을도, 친구들의 아픔도, 저의 인생 안에 들어와 있기에 풍요로운 삶의 발자취가 되어 있습니다.

　바쁘고 멋지게 살아온 풍성함이 고희를 맞이한 제게 있어 후회 없는 삶이었습니다. 앞으로 남아 있는 길지 않은 시간, 여행으로 좀 더 알차게 살아 보려고 하는 이때에 코로나로 발 묶여 있어 친구들도 자주 만나지 못해 많이 아쉽지만 이 또한 현실로 받아들여야겠지요.

　이제는 나의 형제들과 아들·며느리, 딸·사위, 사랑스런 손주들과 행복 나누며 제 나름의 라라 인생으로 아름답게 펼쳐 보고 싶어집니다. 늦둥이로 책을 내어 보니 쑥스럽기도 하고 뿌듯하기도 하여 어찌할 바를 모르겠습니다.

남은 라라 인생의 행복한 삶이 되도록 뭔가를 남기고 싶기에 제 인생의 삶을 이렇게 남겨 봅니다.

아직 아들딸에게도 보여 주지 않았던 이 글을 며느리·사위도 본다면 깜짝 놀랄 겁니다. 그제는 이웃 아파트에 사는 제 손녀 연아가 왔습니다. 초등학교 2학년이죠. 제가 글 쓰는 걸 보면서 "할머니 책 나와요?" 하고 묻는 게 아니겠어요?

"응, 책 나오면 연아가 읽어 줄 거야?" "네, 당연히 읽어야죠. 할머니 책인데, 근데 어떻게 글을 쓰셨어요?" "어려서부터 책을 많이 읽으면 창작력이 생겨서 쓰게 돼. 연아도 책 많이 읽도록 해." "네, 근데 전 만화책을 많이 읽어요."

아마도 며느리가 연아에게 할머니 책이 나올 거라 자랑을 했나 봅니다.

'연아야, 멋진 할머니가 될게.'

2020년 10월

어머님! 책이 나오기 전에 미리 축하드립니다.

올 초여름 날이었나, 이메일 좀 보내 달라는 연락을 받고 올라가니 그간 기록해 두신 글들을 드디어 책으로 만나 보는 날이 왔나 봅니다. 사람 복이 많으신 어머님이 좋은 출판사에 좋은 담당자분들을 만나 모든 일이 순조롭게 풀리는 것을 보니 제 마음도 행복합니다.

어머니와 가까이 있다는 이유로 메일을 몇 번 보내 드리느라 컴퓨터에 저장된 진주 같은 글들을 먼저 읽어 보는 호사를 누렸습니다. 거기에다 시누이와 제 남편에게 고맙다는 인사까지 들었으니 이거야말로 일거양득이죠.

돌아가신 시외할머니, 즉 어머님의 친정어머니께서도 이야기를 참 재미있게 들려주셨어요. 6·25 전쟁 때 밤새 울어 대는 갓난아기인 어머님을 안고 방공호에서 쫓겨난 이야기는 두 번 세 번 들어도 재밌었는데, 어머님도 재미있게 말씀하시는 시외할머니의 재능을 물려받으셨나 봅니다. 어머님의 글 몇 편에도 웃다가 눈시울이 붉어졌다가 얼굴이 달아올랐다가… 참 즐거웠습니다.

결혼 전, 어머님 환갑 기념 저녁 식사에 초대받아 어색하게 저녁을 먹었던 기억이 납니다. 그리고 결혼하여 작년 어머님의 고희연을 했으니 어머니와 만난 지 10년이 되었네요. 그동안 봬 온 어머님은 온화함의 대명사, 겉과 속이 같으신 분, 이성과 감성의 완벽한 조화라고 표현하고 싶어요. 이런 표현이 과장이 아니란 걸 어머님의 글이 이야기해 주고 있었습니다.

어머님의 책이 나오기를 우리 가족 모두 응원하고 있으며 사랑합니다.

며느리 천수영

차
례

4부 나의 정열은 어디까지

구름 한 점 없는 파란 하늘에 날씨도 청명하여
두터운 옷 한 꺼풀 벗어 내어도
춥지 않은 봄 날씨가 되어 있었습니다.
벚꽃 나무 아래서 꽃향기에 온몸을 적시며
잠시나마 코로나를 잊어 봅니다.

1부

／

말
잘
듣
는
착
한
어
른

구두 소리가
너무 커요

레지오회합을 마친 후 버스를 타고 부지런히 달려갑니다. 묵주를 돌리면서 장충동에 있는 분도 피정의 집에 도착하니 식사 시간이었습니다.

뷔페접시에 골고루 먹을 만큼 담아서 봉사자들 방으로 가려는데, 오늘따라 유별나게 제 구두 소리가 또박또박 들려옵니다. 그래도 개의치 않고 나오는데 뒤에서 마리율리엣따가 작은 소리로 말했습니다.

"형님, 구두 소리가 너무 커요."

"으응? 그렇게 컸니?"

그때부터 뒤쪽을 들고 사뿐사뿐 조심스레 걷게 되었어요.

'그런데 이상하다. 어제는 발꿈치 안 들어도 소리가 안 났었

는데….' 아무튼 소리 안 나도록 조심하며 걸어가는데 바오로 신부님께서

"밥 가지고 이리 와서 먹어요."

하시며 큰 소리로 부르시기에 우리 둘이는 피정하시던 사제님들과 함께 식사하는 영광을 입었답니다. 식사 후 사제들께서는 다시 피정에 들어가셨습니다.

우리 둘이는 로비의 책상에 앉아 오순도순 얘기하다가 마리 율리엣따가 내 구두를 보면서,

"형님은 십칠만 원짜리 구두 신어 봤어요?"

"십칠만 원은 아니지만 요즘 구두는 십만 원이 넘어."

"맞아요. 제 친구는 할부로 팔 개월 끊어 주고 십칠만 원짜리 구두 신었어요."

그러더니

"형님, 왜 슬리퍼 안 신고 구두 신고 있어요?"

"아차! 그래, 맞다. 들어오면서 슬리퍼로 갈아 신는다는 것이 식당으로 들어오느라 깜빡했네. 어쩐지 오늘은 구두 소리가 유난히 크더라."

내 구두 쳐다보며 뒤에 액세서리가 예쁘다며 한참을 신나게 얘기하다가 대체 왜 슬리퍼를 안 신은 건지 모르겠다는 이야기를 나누며 둘이는 킥킥대고 웃었습니다.

어제오늘은 사제님들께서 피정하시는 곳에서 봉사하는 날이었습니다. 감사한 마음으로 세속의 어지러움에서 벗어나 봉사하고자 신심을 달래는 조용한 피정의 집에 들어가려다 현관문이 잠겨서 옆문으로 들어가 식당으로 바로 갔으니, 슬리퍼 갈아 신는다는 것을 망각했네요.

다행히 점심시간이었기에 망정이지, 건망증을 일으킨 제 자신도 기가 막혀 웃고 또 웃었습니다. 만일 정식 대문으로 들어가 현관을 거쳤다면 슬리퍼로 갈아 신었을 테지요.

이건 들어간 문이 잘못이었으므로 건망증도 아니고 약간의 실수라 생각하기로 했습니다. 건망증이라는 생소한 말이 아직은 제게 합당치 않은 나이 사십칠 세랍니다.

저 살고 싶어요

어느 날 갑자기 가슴 어느 한줄기에서 찌리릿 전율이 전해져 옵니다.

'아, 왜 이래. 이건 뭐지? 그냥 지나쳐도 되는 건가?'

오늘은 금요일 열 시 미사 전이지만 성전에 앉아서 절실한 마음으로 주님께 매달려 봅니다.

'간절한 마음 헤아려 주시기를 기도하면서 주님만 바라보고 있으면 나을 것 같습니다. 한없이 부족한 딸이지만 온전히 주님께 맡기는 제게 자비를 베풀어 주세요. 제가 어떻게 해 드려야 마음에 드시겠습니까?

일 년이 되니 약하게나마 가슴이 점점 압박해 옴이 서서히 느껴집니다. 병원은 가기 싫고 온전히 아버지의 손길을 기다립니다. 제 믿음은 부족하지만 아버지께 매달리고 싶습니다. 오늘 미사에서 아버지의 영광을 보게 해 주시길 바랍니다. 아버지의 성체를 받아 모심으로 새로 태어나게 해 주세요. 점점 조금씩 답답해져 오는 가슴에서 헤어나게 해 주소서. 아픔이 주님의 뜻이라기엔 너무나 받아들이기 힘이 듭니다. 이대로 기다리면 되는 건가요? 그런데 이렇게 기다리고 있기를 몇 달 지났습니다.'

미사 후 레지오를 하면서 마음이 아팠습니다. 성모님 바라보면서 묵주기도를 하는 동안 눈물을 머금었습니다.

다른 날에 비해 성모님이 더욱 애잔해 보여 단원들 모르게 눈시울을 적셨습니다. 마음의 눈물은 가슴에 파고들어 오열을 터트렸습니다. 오늘 묵주기도는 목이 메어 눈물이 흐릅니다.

'성모님, 저 살고 싶어요. 얼마 전까지만 해도 이것이 주님의 뜻이라면 후회하지 않고 받아들이리라 했었는데, 막상 압박과 통증이 오는 것 같아서 마음이 서럽고 속상하고 어찌할 줄을 모르겠습니다.

저 살고 싶어요. 병원 가지 않고 주님의 도우심으로 낫고 싶어요. 성모님, 저의 상처가 빨리 병원을 가라는 신호가 오고 있습니다. 병원에 가서 죽든지 살든지 해 보랍니다. 정말 병원에 가야 하나요? 꼭 병원에 가 봐야 할까요?

가기 싫어요. 엄마가 저 좀 도와주세요. 간절하고 애절한 마음 살펴 주세요. 지금도 가슴 한가운데가 콕콕콕 바늘로 찌르는 것 같습니다. 아, 이젠 저의 삶이 끝인가요?

암인지 그냥 혹의 염증인지 약만 먹어도 되는 것인지 알 수는 없지만, 만약 암이라면 그때부터 저의 인생은 엉망이 되겠지요. 저 어떻게 해요? 제게 자비와 사랑을 주실 수는 없나요? 저를 시험대 위에 놓지 말아 주세요. 저 살고 싶어요. 아직 가족들에게 말하지 않았습니다. 친구들에게도 말하지 않았습니다. 걱정들 할까 봐 어느 누구에게도 말하고 싶지 않습니다.'

괜한 근심 걱정이길 바라면서 오늘의 심정을 적어 보았습니다.

#추신: 그 이후 어느 날 건강검진을 받았는데 아무 이상이 없었습니다. 알고 보니 브래지어 앞부분에서 와이어가 튀어나와 가슴을 계속 찔러 댔던 것이었습니다.^^ 걱정도 팔자였습니다.

길치의
건망증

오늘 여고 동창 모임은 과천 경마장공원으로 나들이를 가기로 했다가 비가 온다는 소식에 강순네 집으로 장소가 바뀌었습니다.

옛날 신사동 가던 생각으로 무심결에 충무로에서 내려 3호선으로 내려가서 노선을 살펴보는데 행당역이 없어져서 깜짝 놀랐습니다.

'어? 없어졌네? 왜 없을까? 행당역이 없어졌나?'

아차차! 5호선을 타야 하는데, 환승하는 곳을 잘못 찾아간 거예요. 길치에다 건망증 때문에 되돌아 거꾸로 지하철을 타고 5호선 환승장을 찾아가다 보니 왜 이리도 앞과 뒤가 헷갈리는지…. 가던 길을 한 바퀴 되돌아와 계단을 올라갔더니 2

호선 가는 길이 나왔습니다.

'오잉? 오늘 왜 이러는 거야.'

잠깐 멈춰서 상황을 정리했습니다.

'앞쪽 계단을 다시 내려가야 5호선 길인가?'

한참 걸어가는데 드디어 눈에 익은 길이 나오니 이제야 맞네요.

'어쩐지 오늘 일찍 나오기를 잘했군, 잘했어.'

올해로 환갑 맞은 숙영이와 육순을 맞은 영자·옥성·강순·복희를 위해 8월 28일부터 30일까지 2박3일 여행을 떠나기로 했는데, 환갑도 육순도 아닌 화자는 일 년 미리 당겨 함께 가기로 했습니다.

여고 동창 모임 후 처음으로 긴 외출을 하게 된 것입니다. 육이오동이로 태어나 어려웠던 시대에 결혼해 아이들 잘 키우고 나서는 이제야 한시름 놓고 모처럼 이박의 여행을 떠나 보려고 합니다.

날짜를 잡는데도 서로 시간을 맞추느라 노심초사하여 정해졌습니다. 이렇게 우리 여고 동창 친구들의 육순환갑 여행은 홍도로, 흑산도로 정해졌습니다.

'역시 사십 년 지기 친구는 좋은 것이여!'

아침에 마트에 들러 막 구워 낸 빵을 사 갔더니 친구의 딸

시은이가 귀여운 메시지를 보내왔어요.

'시은이예요. ^_^ 빵 맛있게 잘 먹겠습니다. ♥ 감사하다는 말씀을 드리려 했는데 레슨 끝나고 와 보니 모두 가시고 안 계시더라고요. 저 하도 빵을 좋아해서 별명이 빵순이에요! 히히^^'

'오잉? 깜짝! 시은이가 빵순이었구나. 맛있게 먹으렴. 친구 딸이 예쁘게 자라서 기쁘단다. ㅎㅎ'

맛탱이가
갔나 봐

오늘은 교중미사에 연아 엄마를 보냈습니다. 작년에 세례를 받고 결혼한 후엔 곧잘 성당을 가더니만 어느 날부턴가 직장에 다니면서 임신 중이라 피곤하여 가지 못하고 있었습니다. 애기 낳고는 애 보느라 갈 수 없다 보니 그럭저럭 냉담 중에 있습니다.

오늘은 내가 봐 줄 테니 연아에게 모유를 먹여 놓고 미사에 다녀오라 해서 며느리는 모처럼 성당에 갈 수 있었습니다. 이제부턴 성당에 잘 다닐 수 있도록 서서히 이끌어야겠습니다.

교중미사 마치고 들어온 며느리가 씻고 있을 때, 아침 겸 점심을 차리고 있는데 그때 친구 데레지나의 전화를 받았습니다.

"왜 안 와. 아직도 성당이야? 아직 안 끝났어?"

"아니, 집인데. 어딜? 오늘이 아니고 다음 주잖아?"

"무슨 소리야. 첫 주라고 사비나가 메시지 보내 놓고는."

"데레사와 둘이 있어? 봉심이는?"

"봉심이도 안 왔어."

"어머, 그럼 봉심이도 다음 주로 알고 있나 봐. 금방 내려 갈게."

울 엄마에게 연아 에미 씻고 나오면 두 분이 식사하라 하고 선 부지런히 걸어가며 봉심이에게 전화를 걸었습니다.

"레지나야, 오늘 우리 만나는 날이래. 어디니?"

"집이야. 버스 타고 얼른 갈게."

"그래, 나도 집이거든. 빨리 나오면 비슷하게 들어가겠다. 이따 봐."

버스 기다리는 시간보다 걸어가는 편이 더 빠를 것 같아 부 지런히 뛰다시피 두산아파트 사이를 지나 레미안아파트 길을 지나갔는데, 봉심이가 먼저 와 있었습니다.

"어? 레지나가 벌써 와 있네. 되게 빨리 왔다, 너?"

"이그, 봉심인 진작 왔지. 네가 안 온 거지."

"그래? 이젠 나도 맛탱이가 갔나 봐. 내가 연락하고선 다음 주로 알고 있었으니 말이야."

어제 강글의 아들 결혼식에 갔다 오는데 성당자판기가 고장

났다는 사무직원 말에 부지런히 성당으로 내려가 자판기 문을 열어 보았습니다. 이런, 비가 많이 온 날씨 탓에 습도가 많아 분말 가루들이 딱딱하게 굳어 있었습니다.

성당은 리모델링 중이라 도구들이 없어서 굳어진 분말들을 그나마 힘들게 손질했지만, 생강차는 도저히 손볼 수 없어서 집으로 갖고 왔습니다.

덕분에 어제 토요특전미사를 드리고 왔기에, 오늘 일요일 은 하루 종일 편하게 쉬기로 하곤 냉담 중인 며느리를 미사에 보낼 수 있었습니다. 그런데 쉬기는커녕 박씨갈비서 삼십 년 지기 견진 친구들 네 명이 만나 점심을 먹었습니다.

미사가 끝난 후라 성당 매괴회 어르신들도 점심식사를 하러 오셨습니다. 어정쩡하게 일어나서 인사를 드린 후 밥을 먹고 있는데, 좀 있으니 양 신부님도 들어오십니다. 멋쩍게 인사를 드렸습니다.

"두 사람은 모르는 사람들이네."

"네. 저희 본당 다니다가 수유리로 이사 갔습니다."

하고 데레사가 설명을 드렸습니다.

"그래, 우리 본당서 못 봤어."

고개를 끄떡이시는 신부님의 눈썰미는 참 대단하십니다. 미사 때 신자들이 어느 자리에 앉는지, 어느 분이 안 나왔는지를 거의 알고 계십니다.

우린 후딱 먹고는 부지런히 나와 돈암동 CGV에 가서 상영 시간표를 보니 시간상 제일 가까운 영화가 〈공모자들〉이었습니다.

사람을 데려다가 무허가 수술대에서 장기를 빼내 중국에다 팔아먹는 잔인한 영화로서 밥 먹은 후라 비위가 상해 보는 도중 레지나가 나가자고 합니다. 우리는 고개를 끄떡이면서도 돈이 아깝고 내용이 궁금하기도 하여 끝까지 보긴 했지만, 역시 속이 메스꺼웠습니다.

그날 저녁, 뉴스에서 실제로 장기 꺼내 중국에 판다는 보도를 봤습니다. 정말 실제로 이런 일이 일어나고 있었다니 속이 뒤집히고 참으로 어처구니없네요. 나이 탓인지 이젠 잔인한 영화는 싫습니다. 아름다운 영화를 보면서 아름다운 라라인생을 즐기고 싶어지는 여인들입니다.

영화를 보고 집에 오니 곧바로 셋째 동생 내외가 와서 울 엄마와 저를 태우고 동탄에 사는 제 딸네로 갔습니다.

제 아들은 회사에서 동해로 일박 이 일 워크숍을 갔다 오는 중이고, 연아 모녀는 낮에 아들의 친구 애기 돌잔치 갔다가 오는 길에 아들 친구인 민상이네서 모여 놀고 있다기에 함께 가지 못했습니다.

어제는 동생 내외가 연아가 보고 싶다며 겸사겸사 엄마도 뵐 겸 밤늦게 우리 집으로 왔다 가더니, 오늘은 뜨금없이 비아·비주가 보고 싶다고 동탄 가자며 서둘러 울 엄마와 저를 데리고 갔습니다.

딸집에 가니 며칠 전부터 비주가 열이 있었다며 온몸에 열꽃이 피었다가 들어가고 있는 중이라는데, 애들이 아프면 엄마들이 애달아집니다.

아이들은 아프고 나면 한 가지씩 배운다더니 비주도 아프고 나서 춤추는 것을 배웠나 봅니다. 요즘 비주는 음악만 나오면 앉아서 팔과 몸을 흔들고 엉덩이를 출썩거리며 춤을 춥니다. 그래서 집에 있으면 연아 덕분에 웃고 동탄에 가면 비아 비주 덕분에 웃습니다.

얼결에 올케 내외 덕분에 울 엄마와 저도 딸집에서 잘 놀다 갑니다. 길이 막히지 않도록 아예 늦게 나왔는데 집에 오니 밤 열두 시가 조금 넘었네요.

뒤따라 제 아들이 민상이네 들러서 사랑스런 연아 모녀를 데리고 들어옵니다.

"연아야, 잘 놀다 왔니?"

할머니 보고 좋다고 파닥거리며 방긋방긋 웃는 연아를 보며 안아 주었습니다.

"에고, 우리 연아 예쁘다."

비아·비주는 외손녀로 동탄에 살고 있습니다. 연아는 친손녀로 우리 집에서 함께 살고 있습니다. 꼬물꼬물거리는 비주와 연아는 한 달 차이 동갑내기로 아직 말도 못 하고 걷지도 못하는 천사 같은 아기 손녀입니다. 재롱이 무르익은 세 살의 비아와 함께 아주 예쁘고 사랑스런 손녀들이랍니다. 푹 쉬려 했던 주일은 이토록 바쁜 하루가 되었습니다.

여성 대통령이
탄생한 날

텔레비전 시청하면서 왜 제 미음이 뭉클거리며 두근거리는지요.

많은 사람들이 손을 잡아 보려고 추위에 몇 시간을 기다렸다가 내미는 손들을 한 사람 한 사람 모두에게 밝게 웃으며 연약한 손을 내밀어 주는 모습에 울컥거렸습니다.

유세 때 붕대를 감고 다녔던 손에 오늘은 붕대가 없었지만, 기쁨으로 잡아 주고 있는 가녀린 손이 행여 또 아파 올까 봐 제 손이 아려 오는 느낌을 받았습니다.

여자들의 로망일 수도 있는 여성 대통령이 우리나라에도 탄생되는 순간이었습니다. 어느 누가 되든 국민의 손으로 새로운 대통령이 뽑힌다는 것은 온 국민들의 희로애락이 엇갈리는 시간으로 피 말리는 순간이기도 하지요.

'여자가 뭘 해?' 하는 사람들도 많습니다. 특히나 택시 기사님들 으르렁대며 소리 지르는 모습을 종종 봤습니다.

"여자가 집에서 밥이나 하지, 왜 차 가지고 나와서 돌아다녀? 길 막히게."

남자만 대통령하라는 법은 없지요. 작년엔가, 어느 연속극에서도 고현정 씨가 여성 대통령으로 나와 멋지게 한판 벌이고선 아름답게 은퇴하는 모습 아직도 기억에 남아 있는 환상 속의 대통령이었습니다.

박근혜 대통령도 국민의 뜻을 저버리지 않는 훌륭한 정치를 마치고 나면 아름답게 그 자리를 떠날 수 있는 멋진 대통령이 되기를 바랍니다.

12년 12월 19일 수요일, 아침나절에 국민의 의무를 지키기 위해 따끈한 마음으로 투표를 마치고 나서, 결혼을 하는 시누이의 딸 경진이를 축하하기 위해서 아들 내외와 함께 청담동으로 달려갔습니다. 신부대기실에서 본 경진이는 늘씬하고도 아름다운 자태로 앉아 있는 선녀였습니다.

우리 시댁 식구들도, 큰집의 형님과 동서인 혜연 엄마도 이런 잔치 때나 보게 되니 좀 미안스럽긴 하나 그보다 반가움이 앞섭니다. 만났다가 헤어질 땐 종종 전화해서 만나야지 했다가도 살다 보면 바쁘다는 핑계 아닌 핑계가 되어 잊고 살게 된답니다.

파뿌리가 되도록 잘 살라는 목사님의 주례사처럼 예쁜 가정을 이루길 바라며, 여성 대통령이 탄생한 뜻깊은 날이라 잊지 않고 영원히 기억에 남을 겁니다.

대통령 투표하는 날이자 여성 대통령이 탄생한 오늘은 우리 집 행사도 많네요. 며느리 수영이가 우리 집에서 맞이하는 두 번째 생일이기도 합니다.

아침에 투표하고 와서 시엄마로서 며느리 먹으라고 보글보글 미역국을 정성들여 끓여 놨습니다.

그런데 점심은 결혼식에 가서 먹게 되었습니다.

오후엔 일산에 사는 아들 친구 영구네 집에서 모임들이 있어 밤늦게야 온다니, 정작 생일에 함께 밥 먹을 새가 없었습니다. 그래서 엊저녁에 미리 케이크 촛불을 밝혀 생일을 축하해 주었습니다.

'아가, 그래도 내가 너 먹이려고 미역국 끓인 거 알지?'

좋은 시엄마와 착한 며느리가 되고자 하는 우리 고부는 잘 지내고 있다고 생각하는데, 며느리도 저와 같은 생각이겠지요?

쓸데없는 소리

천천히 아파트 비탈길을 오르고 있는데 전화벨이 울립니다.

'누굴까?'

주머니에서 꺼내 핸드폰을 보니 '으응?'

전화할 사람은 아닌데 싶어 갸웃거리며 받았습니다.

"네에, 저예요."

"어디예요?"

"아파트 사이길 걸어가고 있어요."

"지금 아파트 입구 교회 앞 사거리에 있는데요."

"절 있는 곳이라 금방 그쪽으로 갈 거예요."

"기다릴게요."

'좀 전에 운동 끝나고들 헤어졌는데 왜 기다린다는 거지?'

가까운 거리라 금방 만날 수 있었지만 묘한 기분이었습니다. 기다리고 있는 차에 올라타면서

"웬일이에요?"

"차 한잔하려고요."

"차?"

우스운 일이었습니다. 서로 묻지도 않고 올라탄 사람이나 차 마시겠느냐고 묻지도 않고 태우는 사람이나, 그냥 그러려니 하고 그곳을 떠나 사일구 탑 쪽에 위치한 커피숍으로 들어갔습니다.

개인적으로 만난 일이 없어서 별로 할 얘기도 없는데 마주 앉아 차 마시면서 피식 웃기만 하니, 좀 불편한 자리이기도 했습니다.

집에 올 때 춥거나 더울 때 몇 번 차를 얻어 타기는 했었습니다. 지난달에도 노란 은행나무 잎이 펄럭이며 떨어질 때, 차 얻어 타고 가다가 사일구 탑에서 아름답고 화려한 단풍 구경을 한 적도 있었네요. 그리고 차 얻어 타고 집에 가다가 저녁 식사 한 번 했지만, 오늘처럼 차를 마시자고 우정 전화를 걸어온 건 처음이라 의아했습니다.

찻집에 앉아 차 마시면서

"근데 좀 전에 헤어졌는데 전화까지 하고 웬일이에요?"

"그냥 차 한잔하고 싶어서요."

"왜 그런 생각이 들었어요?"

"귀여운 애기 보면 안아 주고 싶잖아요. 그런 마음이었어요."

"뭐야? 별일이네. 그럴 마음 생길 기회가 전혀 없었는데…."

"운동하면서 둘 중에 누군가 그만두면 그때 만나려고 했어요."

"운동을 언제 그만둘 건데요?"

"그야 몰라요."

오글거리는 소리를 들으니 어이없었습니다.

"저 남편 있거든요? 쓸데없는 얘기 그만하고 갑시다."

차를 타면서 그가 말합니다.

"저녁 먹고 들어가도 돼요?"

"남의 여자하고 차 마셨으면, 저녁은 와이프 하고 드세요~"

오늘의 이야길 장난으로 받으면서 멋쩍어하며 웃기는 했지만 차 타고 집에 데려다주는 길이 어색했습니다. 장난의 말이겠지만 어떻게 받아들여야 할지 고민 좀 해 봐야겠어요. 에고, 이 나이에도 여자라고 이런 말을 들으니 나쁘진 않네요. 그러고 보니 제 자신이 속물스럽습니다. 흐흐흐…

성인 영화 채널

오늘 아침은 늦게 일어나도 되는 날이라 오랜만에 늦잠을 자고 있는데 전화벨이 울렸습니다. 잠결에 받은 전화에서 청량한 여자의 목소리가 들려옵니다.

"…성인 영화를 볼 수 있는 오십오 번 채널을 한 달간 무료로 열어 드리겠습니다. 보시다가 계속 보시고 싶으면 한 달후 부터 요금을 내시면 되고, 안 보신다면 그때 차단하시면 됩니다."

"그래요? 어른들이 보는 영화 프로 볼 수 있는 거예요?"

"네. 확인을 위하여 주민번호 앞자리와… 핸드폰으로 확인하는 문자를 보내 드리겠습니다."

어제도 영화를 보고 온지라 지나간 좋은 영화를 볼 수 있겠다 싶어서 오케이를 하고 전화를 끊었습니다. 한 달간 무료인데다 재미없으면 끊으면 된다니 좋은 방송이네요.

잠이 덜 깬 상태에서 일어나 씻고 나와 재미있는 영화를 보려고 거실에서 울 엄마가 보고 계시던 채널을 돌려 보았습니다. 오십오 번을 열었다가 깜짝 놀라는 순간에 후딱 다른 번호를 눌러 버렸습니다.

일 초의 순간이었을까요? 요즘 울 엄마의 감각이 떨어진 때였기에 망정이지, 오메 웬일이람!

이때서야 큰일 났다 생각하고 어떻게 해야 하나 가슴이 쿵쾅쿵쾅 난리 났습니다.

아침에 받은 전화로 걸었더니 통화량이 많다는 답변만이 들려옵니다. 아참, 문자로 들어온 인터넷 창으로 들어가 보았습니다. 할 줄도 모르는 인터넷 창을 겨우 열어 여기저기 눌러 보았지만 뭔 말인지 모르는 내용이 많아 어디로 들어가야 하는지 도무지 알 수가 없었습니다.

'아이고, 큰일 났네. 아들한테 얘기해서 없애라고 해 볼까? 이 망신스러운 일을 어찌 얘기하나?'

아들에게 도움 청하기 전에 마지막으로 전화를 다시 돌려보았습니다. 또다시 통화량이 많다면서 기다리라는데 하루 종일이라도 기다려야 할 상황이었습니다. 좀 있으니 안내양이 나오고 또다시 관련된 안내양을 바꿔 준다니 어찌나 반갑던지요. 사람 목소리가 이렇게 반가울 줄 몰랐습니다.

안내양 목소리가 나오자마자 다급하게

"아침에 오십오 번 채널을 열었는데요, 빨리 막아 주세요. 어른들 보는 보통 영화 프론 줄 알았다가 깜짝 놀랐어요. 취소할게요."

"그럼 어른들이 볼 수 있는 코믹한 영화로 대체해 드릴까요?"

"아니요. 아무것도 안 할래요. 그냥 모두 취소해 주세요."

"네. 알겠습니다. 모두 막아 드리겠습니다."

잠시 동안 벌어진 해프닝이었지만 당혹스럽던 순간이었습니다. 한순간의 잘못된 선택을 어쨌거나 해결했다는 안도감에 자신 있게 중얼거렸습니다.

'아들아, 엄마가 해결했단다.'

그런데 인터넷 창을 여기저기 눌러 댔으나 닫히지를 않아 또 걱정거리가 생겼습니다. 다음 날 아들한테 인터넷 창을 닫아 달라고 했더니,

"아무거나 막 누르니까 안 되는 거예요."

"글쎄, 난 아무것도 안 눌렀는데…. 왜 이러는지 모르겠다."

결국 성인 채널 때문이란 얘기는 절대 안 했답니다.

헉! 돈이 부족해

레지오를 하던 도중에 나와, 양세로부터 해외여행 회비를 넘겨받았습니다.

"세어 봐, 언니."

"맞겠지. 어련히 계산 잘했겠지."

기도하던 도중에 나와서 돈을 세어 볼 수 없어 가방에 챙겨 넣고는 레지오 회합을 마저 했습니다.

오늘은 소화데레사 쌤이 꽃꽂이하는 날이지만 몸이 아프다고 해서 제가 갑자기 꽃시장을 가게 되었습니다. 성당 옆에서 레지오 단원들과 점심을 먹고는, 칠백이나 되는 큰돈을 갖고 다닐 수 없어서 집에 들어가 양세에게 받은 돈 봉투를 책상 위에 꺼내 놓고는 꽃시장을 다녀왔습니다.

제대 꼿꼿이하고, 장구도 치고, 연아네서 저녁 먹으며 놀다가 집에 들어가서 샤워를 한 다음, 느긋하게 책상머리에 앉아 양세한테 받은 회비 명단을 보면서 장부를 만든 후 그제야 돈을 세어 봅니다.

그런데….

'어?'

열 번을 세어 봐도 양세가 건네준 총금액에서 백오만 원이 모자랍니다. 갑자기 가슴이 쿵쾅쿵쾅 뛰었습니다.

'뭐야?'

바지도매업 하는 양세라 지금은 많이 바쁜 시간이어서 시간 날 때 전화 달라는 메시지를 넣었습니다. 사색이 되어 돈을 다시 한 번 세어 보았지만 달라지지 않았습니다.

기다리니 전화가 왔습니다.

"돈이 백오만 원이 부족해. 어떻게 된 거야?"

양세도 놀랐던지

"무슨 소리야, 언니. 확실하게 몇 번씩 세어서 준 건데."

가슴이 떨려 말도 안 나오니 서로가 엄청 난감했습니다. 받을 때 세어 볼 것을, 돌이킬 수 없는 후회막급이었습니다. 후회하면서 다시 세어 본다 한들 똑같은 금액이었습니다. 주고받을 때 세어 봤어야 했는데, 세어 보지 않은 제가 너무나도 큰 실수였지요.

돈이 모자라는 얘기를 하면서 서로 상처 안 가도록 조심스레 얘기가 오고 갔습니다. 양세는 가게에서 돈을 나열해 가면서 몇 번씩 정리했기 때문에 그럴 리 없다고 합니다.

"점심 먹으러 갔을 때 옆에서 누군가 빼 간 건 아니야?"

있을 수 없는 말도 안 되는 소리까지 합니다.

"그러니까 돈 줄 때 세어 보라고 했잖아."

"그러게, 세어 보지 않은 게 큰 실수지만 세었다 하더라도 그 금액이지."

돈을 준 사람은 확실하다는 생각에 별별 생각을 다 해 봅니다. 얘기하면서 양세가 머리 아프다고 하네요. 건강이 좋지 않은 동생이라 쓰러질까 봐 걱정되었습니다.

확실하게 모자라는 돈이니 저는 꺼릴 것이 없으나 서로의 마음은 찜찜하여 편치 않습니다. 이제는 양세가 기억해 내기를 바랄 뿐이었습니다.

저는 이 때문에 밤새 잠을 설치고 말았지만, 양세도 분명 신경 쓰느라 잠도 못 자고 있을 겁니다. 뜬 눈으로 밤을 꼴딱 새웠습니다.

다음 날 미사 드리면서 양세가 돈에 대한 기억을 꼭 살려 내기를 엄청 간절하게 기도했습니다. 그러다가 오후에 양세에게 전화를 했는데 안 받네요. 메시지를 넣어도 소식이 없습니다. 저는 많은 라켓을 돌리고 있었습니다.

'신경 쓰여 머리 아프다더니 병원 갔나? 만일 끝까지 고집부리면 절교하고 모임에서 빠져 버릴 거야.'

속이 타 들어가니 저 역시 별의별 생각으로 라켓을 돌리며 안절부절못했습니다.

답답한 마음으로 양세에게 전화가 오기만을 기다렸는데, 저녁 늦게야 희망의 전화가 왔습니다. 전화기의 충전이 방전됐고 손녀딸 유아세례를 하느라 이제야 전화를 한다며 그녀는 말했습니다.

"언니, 생각해 보니 돈을 셀 때 끝까지 마무리 지은 적이 없는 것 같아. 손님이 오고 가다 보니 밀쳐놨다가 세고 밀쳐놨다가 셌는데, 그 돈이 현금으로 받은 돈이고 통장으로 들어온 것을 보태 넣지 않았어."

헉! 기운이 쏘옥 빠져나갔지만 일단 한시름 놓입니다.

"그럼 진작 전화를 주지 그랬어. 밤새 잠도 못 자고 오늘도 하루 종일 걱정했는데…."

"나도 어제 언니 전화 받고 걱정하고 있었는데, 우리 아들이 엄마의 잘못일 수도 있으니까 걱정하지 말라고 해서 난 잘 잤는데, 언닌 못 잤구나."

이렇게 얄미울 수가요? 난 한숨도 못 자고 자기를 걱정했는데 저는 잘 잤다니요….

"나야 안 받은 걸 안 받았다고 했지만, 너 어제 머리 아프다고 했잖아. 기억 안 나면 신경 써서 병날 수도 있으니 걱정되지."

"언니, 생각해 보니 현금으로 받은 것만 꺼내 놓고 한 사람 한 사람 정리했는데, 통장으로 들어온 것은 채운 기억이 없더라고. 내가 계산을 잘못했구나 싶었어. 정말 미안해, 언니."

"맞아. 내 회비도 네 통장으로 보낸 것만도 칠십만 원이야."

이 이야기는 친한 사이라도 큰 사건일 수도 있었습니다. 밤새 속 끓인 걸 생각하면 화가 많이 났고 짜증도 내고 싶었습니다. 그러나 우리는 오랫동안 하느님이 맺어 준 너무 좋은 베프지기였습니다.

속절없이 덮기로 하면서 덕분에 정말 아주 큰 교훈을 얻었습니다. 부자지간이라도 돈 계산은 정확해야 한다고 했듯이, 남남끼리의 돈은 받는 그 자리에서 꼭 확인해야 한다는 교훈이 저는 새삼 깨우쳤습니다.

헉하며 쿵쾅거렸던 이틀 동안 양세와 사이에서 많은 라켓을 돌리면서 롤러코스터를 타는 이야기 속에서 얽어매고 있었던 걸 생각하면, 지옥까지는 아니더라도 연옥에서 헤매는 정말 끔찍한 시간이기도 했습니다.

다행히 서로가 상처 주지 않으면서 부드럽게 해결되었습니다. 오늘 아침에 드렸던 미사에서 답답한 마음 예수님·성모님께 봉헌하면서, 양세의 기억을 찾아 주십사 기도한 보람이 이루어졌으니 참 감사했습니다.

뭐야 뭐야,
이게 웬일이니

며칠 전 저녁에 연속극을 보고 있는데 갑자기 등허리가 뻐근합니다. 뻐긋한 것도 아니고 뒤틀리지도 않았는데 스멀스멀 아픈 것 같지 않게 등허리의 근육이 둔하도록 뻐근해 옴을 조짐으로 느낄 수 있었습니다.

옆으로 누워 연속극을 보다가 일어나려는데 '아구구' 하며 절로 소리 나와 어정쩡하게 일어나야 했습니다. 잠자리에 들었는데도 등허리의 근육이 자유롭지 않아 뒤척이는 일이 많이 힘겨웠습니다.

다음 날은 수요일이라 성당에서 늘푸른대학 어르신들의 수업이 있는 날입니다. 자리에서 일어나 세수를 하려니 허리가 굽어지지 않아 세면대에 기대어 겨우 세안을 하고 옷도 뻣뻣

하게 서서 입으려니 영 불편했습니다.

생전 안 먹는 아침밥 한술 물 말아 먹고는 근육 이완시키는 약을 먹고 집을 나섰지만, 예전 같지 않아 걷는 데 아주 불편했습니다. 성당 주방에서 어르신들 식사준비 하면서 어지럽지만 힘겹게 조심스레 버티고 있었습니다.

일행들이 걱정들 할까 봐 정신력으로 이겨 내며 아무도 모르게 아무렇지 않은 듯 서있는데 데레지나가 말합니다.

"사비나, 이것 좀 해 줘."

"나 오늘은 등허리 아파서 구부리지도 못하고 무거운 것도 못 들어."

"그래, 어쩐지 하는 폼이 이상하더라."

"약 먹어서 어지러운데 쓰러지지 않으려고 정신력으로 버티고 있어."

"그럼 병원엘 가야지."

"응, 이따 가려고."

"사비나가 아프다니 안 어울린다."

뻣뻣한 허리를 세워 가며 넘어질세라 조심조심하며 노인대학의 수업을 겨우 마치고는 집에 와서 좀 쉬었습니다.

'당이 높아 이런 증세가 왔나? 아니면 혹시 혈압이 높다더니…?'

혈압과 당이 높다는 말은 며칠 전 건강검진에서 들은 얘기였습니다. 좀 불안한 마음이 들어 침 맞으러 나가는 길에, 지난달 건강검진에서 당이 높으니 재검사하시자기에 먼저 내과에 들렀습니다.

식후 두 시간 있다 오라 했는데 세 시간이 지난 후에 한 재검사에서 여전히 당이 높게 나와 결국 약을 지었습니다.

'이런, 내가 당뇨 약을 먹어야 한다니….'

허 참, 삶이 서글퍼집니다.

병원 문을 열고 나가면서 한 발짝 건너 마주 보이는 한방병원으로 들어가 뜨거운 찜질로 등줄기를 지진 후에 침을 맞고 나니 한결 부드러워졌습니다.

"봉지에 파스 하나 넣었으니 붙이시고 약 세 번 드세요."

집에 와서 손에 집히는 대로 하얀 파스를 꺼내 등허리에 붙였는데, 파스는 얄팍하고 제법 큰데 시원함도 차가움도 없이 살을 땅겨 주기만 합니다.

그리고 저녁밥을 먹은 후 약을 먹으려고 약봉지를 여는데, 또 하나의 도톰한 노란 파스가 나옵니다.

'파스가 하나라더니 두 개네. 그런데 파스 색깔이 왜 다르지?'

갑자기 기가 막히는 생각이 떠올랐습니다. 노란 파스를 먼저 몸에 붙이고 하얀 것은 노란 파스 위에 덧붙이는 것이었던

거죠. 면적 넓은 하얀 파스를 떼면서,

"뭐야 뭐야, 이게 웬일이니! 아이고, 아파라. 웬일이니, 아이고, 난 몰라."

맨살에 붙여 놓은 흰 파스를 떼어 내느라 엄청 아프면서도 기막혀 헛웃음이 나왔습니다. 멍청한 건지 치매인 건지, 처음 붙여 보는 파스라 이런 일도 있네요.

역시 노란 파스를 붙이니 찬기가 몸 안으로 확 들어갑니다. 그리고 그 위에 흰색을 덧붙여 떨어지지 않도록 움직이지 않게 착 붙었습니다. 이런 등신노 있습니다.

어제는 성당에서 미사 후 레지오 하고자 어르신들과 함께 모처럼 엘리베이터를 탔습니다. 형님들이 보더니,

"어? 젊은이도 탔네."

"형님, 저 등허리 아파서 오늘은 타야 해요."

레지오를 마치고는 등허리에 양손을 받히고 서 있는데 뚜아 언니가 말을 건넵니다.

"사비나, 옆구리에 가방 메고 그러고 서 있으니 할머니 같다, 야."

"언니, 나 오늘 등허리 아파서 어정쩡해요."

"사비나가 아프다는 소린 안 어울린다."

안 어울린단 말은 그제도 오늘도 들었던 소리였습니다.

내일이면 괜찮을 거라 생각하고 오늘도 스마일로 파이팅!

다행히 오늘은 견딜 만했습니다. 레지오 단원들과 자연보호를 위해 벽산 둘레길 뒷산에 갔을 때, 단원들이 주워 온 쓰레기를 분리수거하는데 허리도 잘 구부러지고 걷는 데도 불편하지 않아 뒷마무리까지 잘 처리했답니다.

오후엔 형제들이 와 가족들이 모여 저녁 식사를 하고서 당을 줄이는 의학을 시청하며 모두들 음식 조절에 들어가기로 했습니다. 아프지 않다는 게 얼마나 감사한 건지는 몸소 아파 봐야 안다니까요!

'주님! 오늘 하루도 무사함에 감사합니다.'

코로나19,
백수 아닌 백수

내일이면 삼월로 접어드는데 나라의 정세는 코로나19로 인해 어수선함이 풀릴 기미가 전혀 보이지 않습니다. 오히려 이곳저곳 지역으로 번져 나가 더욱 공포가 심해지고 있습니다.

성당도 문 닫아 매일 가던 미사도 쉬고, 운동하던 송천관도 쉬고, 인생을 즐기던 복지관도 쉬고, 교통도우미도 쉬면서 방콕하고 있습니다.

꼼짝 않고 외출도 안 하고 만남들도 취소하며 집에 있으니 백수 아닌 백수 생활을 하고 있는 것이나 다름없네요. 밖의 생활이 그리워지면 창문을 열고 시원한 공기를 들이켜 보다가 혹시나 바이러스가 떠돌면 어쩌나 하는 마음에 창문을 다시 닫아 버리는 노이로제에 걸려 있습니다.

홀로 사는 삶이라 대화도 없이 하루 종일 TV 음악 채널에서 흘러나오는 애절한 노래를 들으며 갓 배운 붓글씨 연습도 하다가 이렇게 컴퓨터에 앉아 긁적이는 시간을 보내고 있으니 덧없이 흘러가는 시간을 붙잡고 싶네요.

오늘도 내일도 코로나는 멈출 줄도 모르고 불안하게 사람을 쫓아다녀 가족도 몰라보며 입으로 입으로 전염되어 가고 있으니 어찌하나요. 본인이 걸렸다는 걸 모르는 게 문제이지요.

매년 닭 같은 작은 동물들의 수난과 돼지나 소 같은 큰 가축들의 수난이 지나가고 나니 이제는 인간들의 수난이 전 세계로 번지고 있습니다.

교회 집회서 일어나고 있는 코로나 슈퍼전염병은 걷잡을 수 없이 신도들에게 전도되고 있습니다. 어리석은 몇몇 사람으로 인해 수많은 이들이 고생하며 힘들어하고 있으니 나라에서도 구제가 점점 어려워지고 있는 실정이 되었습니다. 코로나가 발목을 잡고 있어 너무 무섭습니다.

성경 공부에 전념하는 그들이 믿는 신천교 하느님은 어떤 하느님이시기에 신도들이 코로나 전염을 몰고 다니며 전도하게 하는지 정말 알 수가 없군요.

게다가 여러 나라에서 한국인들의 입국을 막고 있으니 철없는 국민들이 되었고요. 안타까워지네요, 속절없는 우리네 삶이….

　삼월 육 일은 제 남편의 기일입니다. 가족들과 모여 식사하려 했는데 점점 심해지는 코로나로 인해 기일 모임을 취소했습니다. 지금이 최고로 심한 때랍니다.

　우리 아파트 바로 옆 동에도 학생 확진자가 나왔기에 학생은 실려 가고 전체 방역한다고 합니다.

　방송에서 외출 자제하라고 계속 흘러나오니, 결국 많은 고심 끝에 아무도 오지 못하게 했습니다.

　'여보, 미안해요.'

말 잘 듣는
착한 어른

방콕만 하다가 어제는 2주 만에 현관문 빗장을 열고 밖으로 나갔습니다. 재활용을 버리고 나서 꽃 내음 들이키며 아파트 주위를 둘러봅니다.

어느새 아파트의 벚꽃들은 몽실몽실 분홍색 몽우리가 물올라 있고요. 햇빛 많이 받은 벚꽃들은 활짝 피어 방긋 방긋 웃고 있어요.

솜털에 싸여 있다가 삐쭉이 나온 하얀 목련 몽우리가 눈길을 끌고요. 활짝 핀 하얀 목련의 순결은 눈부심으로 마음을 설레게 하네요.

반짝이는 햇살의 산수유가 화들짝 피었습니다. 빛도 못 받는 담 밑엔 야리야리한 개나리꽃도 피었습니다. 언제 이렇게 꽃들을 피웠는지 화단의 연산홍과 철쭉도 토실토실한 몽우리로 물올라 있네요.

조경이 아름다운 울 아파트만 돌아다녀도 힐링 되듯 기분 좋아지건만, 아파트 십육 층 꼭대기에 콕 박혀 있다 보니 정작 아파트 마당에 봄이 온 걸 몰랐습니다. 코로나로 나라마다 얼음 되어 있지만 자연의 위대함은 무한합니다.

구름 한 점 없는 새파란 하늘에 날씨도 청명하여 두터운 옷 한 꺼풀 벗어 내어도 춥지 않은 봄 날씨가 되어 있었습니다. 벚꽃 나무 아래서 꽃향기에 온몸을 적시며 잠시나마 코로나를 잊어 봅니다.

나라가 빨리 안정되길 바라는 마음으로 나갈 땐 마스크를 꼭 쓰지만, 가급적 돌아다니지 않으며 말 잘 듣는 착한 어른 되어 방콕하고 있었네요.

방송에선 만개된 벚꽃들을 보여 주며 어디론가 떠나고 싶도록 마음을 콩콩 뛰게 만들어 주니, 방콕이 아쉬울 정도랍니다.

그래도 어쩔 수 없이 화려한 벚꽃과 눈부신 목련을 눈에 담고, 설레는 가슴을 뒤로하고 집으로 들어와 말 잘 듣는 어른으로 또다시 방콕하렵니다.

"어쩜 그렇게 사회를 잘 보세요.

우리끼리 얘기했어요. 사회 참 잘 보신다고."

'어떻게 내가 사위 잘 본 걸 아시지?

그럼 교우가 아닌가?'

"네, 사위도 잘 보고 며느리도 잘 봤어요."

2부

/

사위도 잘 보고
며느리도 잘 봤습니다

절반의 인생

만났기에 사랑했습니다. 사랑했기에 결혼했습니다. 결혼했기에 결실로 아들과 딸을 얻었습니다. 우리 모두는 행복했습니다.

가끔은 삶의 고통이 찾아왔지만 그래도 행복했습니다. 가끔은 불행이 찾아왔어도 그래도 행복했습니다. 고통과 불행을 사랑의 힘으로 물리쳤기에 행복했습니다.

가야 할 길은 멀고 살아온 인생은 절반뿐이 안 지났습니다. 아직도 저는 절반을 더 살아야 하는데 사랑하는 남편은 먼저 하늘나라로 떠났습니다.

아이 둘과 나를 남겨 놓고 하늘나라로 머언 출장을 갔습니다. 마음이 아팠고 마음이 슬펐고 마음이 괴로웠고 사는 것이 싫었고 만남도 싫었습니다. 이젠 슬픔이든 고통이든 기쁨이든 즐거움이든 나와 아이 둘이 책임져야 할 몫입니다.

어두운 방에서 꼼짝 않고 쭈그리고 앉아 청승을 떨면서 난 이제 어떻게 살아가야 하나 눈물을 흘렸습니다. 의지했던 그 사람 없어서 마음 한구석 허전합니다. 잘해 준 것보다는 잘못해 준 것만 생각나 더 괴로워 눈물 납니다.

"엄마 울어? 엄마, 울지 마."

"엄마, 힘내요."

아이 둘이 눈물 닦아 주며 저를 위로해 주었지만 슬픔은 더 커집니다. 이 아이들을 위해서라도 난 털고 일어나야 합니다. 그래요, 난 혼자가 아닙니다.

내겐 착한 아들과 예쁜 딸이 있습니다. 아들은 군인이고 딸은 재수생입니다. 더 이상 아이들에게 슬픔을 보일 순 없습니다. 물끄러미 바라보며 나를 위로해 주는 아이 둘이 대견해 보였습니다. 말없이 저를 바라만 보고 슬퍼하시는 울 엄마도 계십니다. 나도 모르게 일어나 성당으로 달려가 성체 앞에 앉았습니다.

"저 왔으니 제 손 잡아 주세요. 슬프지 않도록 제게 주신 성령의 힘으로 살아갈 수 있도록 기쁨과 즐거움 잃지 않게 해 주세요. 남편은 없는 게 아니라 잠시 하느님 나라로 출장 갔거니 생각하고 사랑하는 아이들과 함께 엄마 모시고 변함없이 밝은 생활로 꿋꿋하게 살아가렵니다. 그립다고 오는 것도 아니고 운다고 오는 것도 아니니, 그저 제 마음속에 묻어 놓고 그의 영혼 위해 기도하며 그의 몫까지 살겠습니다.

인생에 있어서 저만 행복할 수 없나 봅니다. 예수님도 불행하셨고 성모님도 마음 아파 하셨는데 이쯤이야 참을 수 있습니다. 애들 아빠도 하늘에서 우리를 내려다 바라보고 있을 테지요.

사랑하는 남편 잊지 않을 겁니다. 남편이 주님 사업 열심히 했듯이 저도 주님 사업 열심히 하렵니다. 저는 하는 일이 많아서 금세 박차고 일어날 수 있어요.

늘푸른노인대학 봉사도 해야 하고, 제대 꽃꽂이도 해야 하고, 전례부에서 미사 해설도 해야 하고, 마리아 사제 운동에서 다락방 기도 봉사도 해야 하고, 레지오 마리애도 해야 하고, 친구들도 만나야 하고, 때로는 문화생활도 해야 합니다.

아픔, 슬픔, 괴로움… 모두 물리치고 행복 찾아 달리겠습니다. 아이들에게 씩씩한 엄마가 되겠습니다. 제게는 든든하게 버틸 수 있는 울 엄마도 계십니다. 예수님 성모님 두 분만을 믿고 달려 보겠습니다. 저를 위로해 주실 거죠?

사랑합니다. 사랑합니다. 사랑합니다."

자랑거리
가족

저는 자랑할 것이 아무것도 없습니다. 남들은 남편 자랑, 자식 자랑 많이 하는데 저에겐 자랑거리가 없습니다.

저의 생활은 남들과 똑같은 생활인 것 같아 별다른 이야깃거리가 없지만, 뒤집으면 자랑거리가 되기도 하네요.

저의 아들은 아프지 않고 건강하게, 속 썩이는 일 없이 잘 자라 주었습니다. 제대 후에 경주에 있는 동국대학교에서 서울에 있는 광운대학교로 편입했습니다. 그것도 아빠가 세상을 뜬 충격으로 편입을 결심한 것입니다. 별 탈 없이 어엿하게 사각모를 쓰고 졸업을 했습니다.

지금은 직장 다니고 있는데, 여자 친구도 있으면 결혼을 시키려고 합니다. 결혼하면 이 년 동안만 데리고 살려고 합니다. 남편의 생각이자 아들 가진 엄마의 특권이랄까요? 집안일 시키려고 그런 것이 아니라 손님처럼 되지 않으려고 그런 겁니다. 고부간에 형제간에 친척 간에 어색함을 없애기 위해섭니다.

그래서 아들은 여자 친구를 만나면 엄마와 함께 살아야 한다고 얘기했답니다. 아들은 아빠가 없는 집안의 가장임을 책임지려 하고 있습니다.

이런 아들의 마음이 제게는 대견해서 좋지만, 아마도 여자 친구의 부모님은 싫어하실 겁니다. 그러나 이 년 후엔 처가댁 근처에서 살든 처가댁으로 들어가서 살든 신경 끊기로 했습니다. 어디서 살든 서로가 마음 편히 지내기를 원합니다.

요즘 색시들은 시집을 싫어한다니 저도 시대 따라가야지요. 그래야 제 아들이 편할 것 같습니다.

저의 딸도 아프지 않고 건강하게 잘 자라 주었습니다. 늘씬날씬은 아니지만 토실토실 아담하게 잘 자랐습니다. 비록 삼수지만 서울 사대문 안에 있는 한성대학교에 들어가 캠퍼스 생활도 별 탈 없이 평범하게 지내며 어엿하게 사각모 쓰고 졸업했어요.

이 년 전 스물여섯에 좋아하는 짝을 만나 결혼했습니다. 서로 직장도 다니며 잘 살고 있습니다. 철없는 딸인 줄 알았는데, 결혼하고 나니 엄마의 마음을 많이 알아주네요. 제가 속상하고 있을 때는 위로할 줄도 알고요.

때론 과잉으로 참견이 심할 때도 있습니다. 그럴 땐 꼭 지아빠하고 똑같습니다. 자기는 소리 지르고 성질내면서 내가 아주 조금만 목소리가 달라지면 괜히 화낸다고 난리가 납니다. 이럴 때는 좀 짜증스럽지만, 그래도 제게는 하나뿐인 예쁜 딸이랍니다.

제 딸이 물어다 놓은 사위는 또 하나의 아들입니다. 제 아들보다는 나이가 네 살이 더 많지만, 그래도 동생의 남편이니 손아래지요. 아들과 사위는 서로 존칭을 쓰면서 잘 지냅니다.

사위는 딸보다 여섯 살이 많지만 듬직합니다. 제게 아들이 있지만 큰아들 하나 더 생겼습니다. 연애 한번 안 한 제 딸이 능력 있음을 알겠습니다. 이렇게 듬직한 또 다른 아들을 데려왔으니 말입니다.

사위이자 큰아들은 대견스럽게 잘합니다. 사위도 저를 편애 없이 똑같이 대해 줘서 아주 편합니다. 남들은 사위가 오면 음식 때문에 불편하다는데, 우린 서로 불편함 없이 편한 대로 합니다.

딸·사위가 오면 제 방을 넘겨주고 저는 친정 엄마 곁으로 갑니다. 제 딸과 사위는 저희 집에 자주 놀러 오라지만, 딸집에 가면 아무 일도 하지 않고 해 주는 밥을 먹기만 합니다. 그래서 심심해서 가기 싫습니다.

딸이 애교스럽게 웃으며 말합니다. 다른 엄마들은 딸 집에 오면 청소도 하고 반찬도 해 준다는데 울 엄마는 해 주는 밥만 먹는다고요.

저는 설거지도 안 해 줍니다. 밑반찬 만들어 주는 일도 없습니다. 그러니 딸네 주방에서 쓰러질 일은 없겠네요. 또 아들도 하나라서 왔다 갔다 할 곳도 없어 길에 쓰러질 일이 없습니다.

저는 서로 좀 편하게 살자는 주의입니다. 절대로 자식에게 매여 있지 않을 겁니다. 맘대로 될지는 모르겠지만 지금의 제 생각은 그렇습니다.

사돈네와 공통점이 많은 걸 보면, 두 집안은 서로 인연이 있는 것 같습니다. 제 딸과 사위도 여섯 살 차이가 납니다. 저와 제 남편과도 여섯 살 차이가 납니다. 사위의 엄마·아빠도 여섯 살 차이랍니다.

저의 애들 아빠보다 몇 년 전에 사위 아버님도 순직하셨답니다. 두 집 다 홀어머니지만 마음들은 후덕하답니다. 또 집안의 종교도 천주교입니다. 가까운 동네에 살면서 사돈에게 형님이라 부르며 지냅니다. 사돈은 아우가 생겼다며 좋아하십니다.

아들·딸·사위·며느리 구별 말고 편안하게 잘 지내는 것도 좋을 것 같습니다. 제 마음은 그러할진대 과연 아이들이 그렇게 잘 지내 줄지 모르겠습니다.

또 저도 며느리 보면 마음이 변해서 성깔 있는 시어머니가 될 수도 있겠지요. 좋은 시어머니가 되고 싶은데 장담은 할 수가 없네요. 친정엄마 같은 시어머니와 친딸 같은 며느리가 된다면 금상첨화일 텐데요. 과연 시어머니를 친정엄마같이 대할 수 있을지, 과연 며느리를 친딸같이 내할 수 있을시….

고부 사이에는 신비스럽게도 풀 수 없는 매듭이 있습니다. 그러나 매듭을 풀어 가며 잘해 주도록 노력해 보겠습니다. 서로 노력하면 사이좋은 고부간이 되리라 생각됩니다. 착한 아들딸이기에 그들이 중간 역할을 잘하리라 봅니다. 착한 사위와 며느리라면 그들도 잘하리라 봅니다.

저의 고리타분한 희망 사항이지만, 아님 말고요.

훌륭한
동메달

"나이 들고 병들어 누우니 잘난 자나 못난 자나 너 나 할 것 없이 남의 손 빌려 하루를 살더이다. 그래도 살아 있어 남의 손에 끼니를 이어 가며 똥오줌 남의 손에 맡겨야 하는구려! 당당하던 그 기세 허망하고 허망하구려.

내 형제 내 식구가 최고인 양, 남을 업신여기지 마시구려. 내 형제 내 식구 피 한 방울 섞이지 않은 바로 그 남이, 어쩌면 이토록 고맙게 웃는 얼굴로 날 이렇게 잘도 돌보아 주더이다."

이 글은 2010년 12월 19일자 주보, 말씀의 이삭에 나오는 내용입니다. 그리고 아랫글은 친구가 휴대폰으로 보내 준 항간에 유행하는 내용입니다.

* 아들을 낳으면 일촌이요, 사춘기가 되니 남남이고, 대학 가면 사촌이고, 군대 가면 손님이요, 군대 다녀오면 팔촌 이요, 장가가면 사돈 되고 이민 가니 해외동포 되더이다.

* 딸 둘에 아들 하나면 금메달이고, 딸만 둘이면 은메달인 데, 딸 하나 아들 하나면 동메달이 되고, 아들 둘이면 목 메달이라 하더이다.

* 장가간 아들은 희미한 옛 그림자 되고, 며느리는 가까이 하기엔 먼 당신이요, 딸은 아직도 그대는 내 사랑이구려.

* 자식들 모두 출가시켜 놓으니 아들은 큰 도둑이요, 며느 리는 좀도둑이요, 딸은 예쁜 도둑이더이다.

* 잘난 아들은 국가의 아들, 돈 잘 버는 아들은 사돈의 아 들, 빚진 아들은 내 아들.

* 며느리를 딸로 생각하는 여자, 사위를 아들로 착각하는 여자, 며느리의 남편을 아들로 여기는 여자는 미친 여자 라니….

* 아들에게 재물을 안 주면 맞아 죽고, 반만 주면 졸려 죽 고, 다 주면 굶어 죽는다.

* 남편은 집에 두면 근심덩어리, 데리고 나가면 짐 덩어리, 마주 앉으면 웬수 덩어리, 혼자 내보내면 사곳덩어리, 며 느리에게 맡기면 구박 덩어리이니….

세상이 정말 이렇다면 어떨까요?

저는 재물이 없으니 매 맞아 죽을 일은 없지만, 미친년 되지 않으려면 아예 일찌감치 아들을 사돈집으로 들여보내야 할까요?

아니면 사돈집 근처에 집을 얻어 며느리의 남편으로 살게 해야 할까요?

며느리를 딸이다 생각하고 재밌게 살아 보려 했더니 그것도 미친 짓이라 하니, 세월의 무상함과 빠른 문화적 변화에 적응이 잘 안 됩니다.

내 금쪽같은 아들을 애저녁에 사돈네 줘 버리고 며느리의 남편으로 살아가게 하는 것이 서로를 위한 길이라면 아들에게 연연하지 말고 남은 제 인생이나 즐기며 살아 보고요. 다행히 아들 며느리가 잘하면 '니나노오~' 좋고요.

인생의 올바른 기준이 무엇인지 알 수 없지만, 그나마 제겐 아들과 예쁜 도둑 딸이라도 하나씩 있으니 훌륭한 동메달이네요.

제 딸은 이미 시집을 가서 눈에 넣어도 안 아플 두 돌 된 외손녀와 든든하고 멋진 사위가 있습니다. 그리고 이미 날 잡아 오 개월 후면 장가갈 아들이 있으며 예쁜 며느리가 기다리고 있습니다.

그러나 저는 믿고 있습니다. 아들·며느리·딸·사위가 금메달임을! 우리 아이들은 제게 금메달을 걸어 줄 거라고 자신합니다.

고부간의 사이

카톡으로 떠도는 시어머니와 며느리의 대한 이야기를 읽고 나서 고부간을 생각해 보았습니다.

며느리들은 왜 시어머니를 싫어할까요? 시어머니 전화 오는 것도 싫다 하고, 시어머니 오는 것도 싫다 합니다. 자고 가는 것은 더욱 싫다 하고 시누이는 더욱 얄밉다고 합니다. 이 토록 시집 식구 모두를 싫어하면서 그 엄마의 아들은 좋다 합니다.

그런데 그 며느리가 친정 가면 시누이가 됩니다. 그렇게 시누이가 되면, 올케가 자기 엄마에게 잘못했을 때 올케 시집살이를 매섭게 시킵니다.

엄마는 낳아 키웠으니 내 아들이라 하지만, 아내는 한 몸이 되었으니 내 남편이라 합니다. 엄마 편도 못 들고 아내 편도 못 들고 이러지도 저러지도 못하는 아들은 엄마와 아내 사이에서 샌드위치랍니다.

장가가기 전에 엄마 앞에서 당당했던 호기와 패기는 어디로 다 가 버렸는지, 아들 역할에 남편 역할을 하느라 참으로 힘들어 보입니다.

어느 날 엄마에게서 벗어난 아들은 중년이 되어 사랑스런 아이들의 아빠로 발돋움합니다. 그렇게 엄마가 낳아 키웠던 사랑스럽던 아들은 며느리의 남편으로 자리매김합니다. 엄마의 아들 왼쪽엔 토끼 같은 손주들이 있고, 오른쪽엔 여우 같은 며느리가 있습니다.

어머니는 이제 아들의 그림자가 되고 말았습니다.

키우면서 재롱떠는 아이들 바라보며 행복했던 며느리 또한 그 아이들이 자라서 부모 곁을 떠나면 똑같은 시어머니 처지가 되는 걸 왜 모르는지요. 시어머니 싫어하는 며느리도 나중엔 결국 시어머니 되어 있을 테니 초록은 동색이라는데….

제 아들의 결혼식도 이제 한두 달 남았습니다. 우리 집 고부 사이는 이러지 않기를 바라면서 아들 부부에게 한마디 하고 싶습니다.

"아들아, 예비 며늘아, 사랑한다!"

우울증이
왔나 봐요

'이런 것이 우울증인가?'

요즘은 신이 안 나고 마음이 자꾸만 가라앉습니다. 웃고 싶지도 않고 사는 게 딱히 재미도 없습니다. 입맛도 없고 먹고 싶은 생각도 없지만, 그저 살기 위해 먹기는 합니다. 의욕이 없고 마음은 아프고 가슴은 답답하여 소리 지르고 싶습니다. 만사가 귀찮습니다.

넋 놓고 소파에 앉아서 몸을 뒤틀며 연속극만 죽이고 있습니다. 즐기던 부엌일도 하기 싫고요, 가족들을 위한 반찬도 만들기 싫고요, 몸을 움직인다는 것 자체가 싫어졌습니다. 외로움과 우울이 다가옵니다.

가족 지킴이 울 엄마의 영향력이 이렇게 큰 줄은 몰랐습니다. 그전에는 아프셨다 해도 이삼 일이면 바로 일어나셔서 활동을 하셨기에 엄마의 대한 걱정을 할 거라는 생각을 전혀 하지 않았습니다.

그런데 이번에는 엄마가 아프고 나서 기운이 떨어지셨습니다. 노환이라는 이름하에 일어나지 못하고 잠만 주무십니다. 머리 아프다 소리도 없으십니다. 혈압 약 드시는 것도 잊으셨습니다. 식사도 잘 못 드시겠다고 하십니다. 이러다가 곡기 끊으시면 돌아가실 거란 생각이 들면서부터 제게 이런 증세가 온 것 같습니다.

울 엄미에게 사랑한다는 말도 못 해 봤습니다. 울 엄마에게 감사하다는 말도 못 해 봤습니다. 우리 모녀는 말이 필요 없이 그냥 눈으로 마음으로 엄마와 저는 이심전심하며 살아왔기 때문입니다.

울 엄마는 제 방과 마주 보이는 안방에서 주무시고 계십니다. 엄마의 방을 수시로 드나들면서 바라봅니다. 누워서도 엄마의 숨소리 들으면서 지켜보는 딸이었습니다. 생각해 보니 울 엄마를 위해서 특별히 해 드린 것이 없어 제 마음이 안타깝습니다.

그냥 엄마 곁에 늘 가까이 있었다는 것만으로 위안을 드릴 뿐이지요. 저와 함께 사는 동안 울 엄마가 행복하셨다면 좋겠습니다. 울 엄마 일생은 언제나 저와 함께하셨으니 엄마는 우리 집의 울타리셨습니다.

오남매가 낳은 외손주·친손주들도 울 엄마 손길에서 자랐습니다. 저의 손녀들에게까지 울 엄마의 손길이 닿았습니다. 증손녀 안겨 드린 시간들도, 증손녀들 목욕시킨 시간들도, 엄마는 행복으로 사셨습니다.

그 시간들이 울 엄마에게 소중한 시간이 되지 않았을까 생각합니다. 울 엄마, 저, 제 아들·며느리, 저의 손녀들까지 사대가 함께 산 이 년 동안 행복했다는 것도 울 엄마사랑의 숨결이 있었기 때문이었습니다.

울 엄마의 숨은 사랑은 언제나 말없이 가족들 지킴이셨습니다. 잔소리도 없으셨고 불평도 없으셨고 짜증도 없으셨던 울 엄마의 사랑이 우리 가족들을 행복으로 이끄신 울타리였습니다. 울 엄마가 저의 멘토이자 롤 모델이었습니다. 그런데 엄마처럼 심성 착하게 살지 못한 딸이었기에 이제 와 후회를 하다 보니 우울이 저를 얽어매고 있습니다. 생전 처음 느껴 보는 이런 우울에서 벗어나고 싶습니다. 어디론가 뛰쳐나가고 싶습니다. 답답한 가슴이 시원하게 뻥 뚫렸으면 좋겠습니다.

늘 함께 살아온 동안 울 엄마가 제게는 크나큰 원동력이었음을 이제야 알았습니다.

'엄마, 기운 차려 보세요!'

아우, 그러고 보니 오늘이 저의 결혼기념일이었네요.

남편이 그리운 날이었습니다.

'고마워, 당신. 엄마를 내게 맡겨 줘서. 그런데 요즘 엄마 때문에 슬퍼지네.'

사위도 잘 보고
며느리도 잘 봤습니다

며칠 전, 호주에 갔다가 이 년 만에 돌아온 명길이가 어제서야 저희 집에 왔습니다. 밤늦은 시간에 아들이 영화 〈변호인〉 티켓을 인터넷으로 예매해 주었기에 오늘은 명길이와 영화 보러 가고자 버스정류장에 서 있는데 누군가 인사를 합니다.

"안녕하세요?"

"아~ 네, 안녕하세요?"

아는 얼굴이라 웃으며 인사를 했지만

'누구지? 우리 교우인가, 다락방인가? 아님 어디서 봤을까?'

머리를 굴리며 생각하느라 정신없었는데,

"사회를 참 잘 보셨어요."

"네? 사위요?

"네. 어쩜 그렇게 사회를 잘 보세요. 우리끼리 서로 얘기했어요. 사회 참 잘 보신다고."

'어떻게 내가 사위 잘 본 걸 아시지? 그럼 교우가 아닌가?'

"아~ 네에, 사위도 잘 보고 며느리도 잘 봤어요."

"아니요, 연총 때 사회를 잘 보셨다고요."

"아~ 연총 때 사회요! 재미있었어요?"

"네, 너무 재밌게 잘 놀았어요."

"어쩐지 어떻게 제가 사위 잘 본 걸 아시나 했어요."

작년 꾸리아 연차 총 친목회에서 전단원이 모여 즐기는 시간이 있었습니다. 꾸리아 단장으로 연총에서 오락을 진행했을 때 레지오 단원들도 함께 참석했던 자매였습니다.

사회를 사위로 잘못 들은 저는 생뚱맞은 말로 며느리도 잘 봤다고 덧붙여 말했으니 주위에서 얻어들은 사람도 요절복통할 일이었습니다. 귓밥도 없이 깨끗한데 이토록 잘못 듣다니요. 차들이 다니는 신작로길 탓이려나?

'사회 잘 보셨어요.'를 '사위 잘 보셨어요.'로 알아듣고 '사위도 잘 보고 며느리도 잘 봤어요.' 하고 며느리 얘기까지 보탰으니…. 말귀를 엉뚱하게 받아들인 저는 자꾸만 가슴속에서부터 실없는 웃음이 터져 나와 버리고 말았습니다.

이스라엘
성지순례비

성당에서 주임신부님이 추진하시는 성지순례에 간다고 제일 먼저 신청을 했지만 비용이 걱정이었습니다.

사실 울 엄마가 돌아가신 후 딸이 성지순례비 사백만 원을 주었습니다. 그런데 아들네가 급하게 돈이 필요하게 되어 세든 사람 나가게 하라고 계약금 이천만 원을 만들어 주었습니다. 아들은 안 받겠다는 걸 엄마로서 꼭 해 주고 싶은 마음이라 제게 있는 여윳돈을 탈탈 털고 딸이 준 성지순례비까지 보태어 주었습니다.

해 주고 나니 엄마의 도리로 마음은 편안했으나 딸에게 미안하고 제가 쓸 용돈이 아쉽게 되었습니다. 게다가 며칠 전치아 하나가 흔들리면서 부러져 임플란트를 해야 합니다. 뜻하지 않게 계약금으로 오십만 원이 지출되어 용돈의 아쉬움이 피부에 와 닿았습니다.

성당 사무실에서 성지순례비 계약금을 내라는 연락을 받았습니다. 하루 이틀 몇 날이 지나 걱정 끝에 엊그제는 아들딸에게만 카톡에다 성지순례비 도움 요청을 해 놓고 나서 급 많은 후회가 들었습니다.

"얼마가 필요하세요? 이스라엘이 전쟁 중이라는데 가셔도 돼요?"

방금 들어온 아들의 메시지를 보면서 얼마가 모자란 게 아니라 모두 모자라는 금액이라 미안스러워 답을 주지 못했습니다. 아들은 계약금 준 이천만 원의 출처를 모릅니다.

어제는 카톡을 본 딸이 전화를 했지만, 미안한 마음으로 받을 수가 없어 피했습니다. 오늘 또다시 걸려온 딸의 전화를 안 받을 수가 없었습니다.

"내가 성지순례비 준 거 다 썼어요?"

"응, 임플란트도 하고 모자라는 생활비 쓰고…. 이럭저럭 다 써 버렸어."

그렇다고 오빠 줬다는 얘기는 차마 할 수가 없었습니다. 지난달에 미서부 다녀왔을 때도 가족들의 도움을 받아 놓고는 또 손을 벌리다니, 엄마로서의 품위를 떨어뜨리는 짓이었음에 답답해집니다.

"엄마, 좀 천천히 드려도 돼요? 비아 아빠 출장 가서 봉급 나오면 드릴게요."

자식들에게 부담을 준 것에 대한 염치에도 불구하고 주워 담을 수도 없는 분명한 실수로 후회막급이었습니다.

'착한 아들딸아, 정말 미안하다. 신경 쓰지 마~ 내가 알아서 해 볼게! 그러나 난 너희들이 주는 돈으로 여행 갈 거란다. ㅋ'

커피 한 잔으로
잠 못 드는 밤

며칠 후면 동탄 사는 딸네가 같은 층으로 이사합니다.

일요일 오후 꼬미시움을 마치고 예정 없이 시간 내어 들러 봤습니다. 위로 몇 층 더 올라가는 집은 지금의 집보다 평수가 훨씬 넓습니다.

이사 나가야 할 집은 젊은 부부가 직장에 다니고 어르신이 가사일 하시며 어린이들을 돌봤던 집이라 깨끗한 편이 아니었습니다.

미리 나간 빈집을 딸·사위가 들락거리며 틈틈이 쓸고 닦고 있었지만 미처 손이 가지 않은 기름때 묻은 주방을 매직 스펀지로 문질러 댔더니, 말 그대로 마술을 부려 힘들지 않게 묵은 때를 벗겨 냈습니다.

저는 땀을 줄줄 흘려 가며 다용도실 창문에 붙은 찌든 때도 벗겨 내면서 이사 한 번 할 때마다 이렇게 힘든 것임을 되새겨 주었습니다.

밤늦은 시간, 동생 은성이네도 궁금하여 왔네요. 커피를 한 잔씩 손에 들고서 밤 나들이 가듯 팔 층에서 십삼 층으로 다시 올라갔습니다.

나무들과 하늘이 훤하게 보였던 낮과는 달리, 높은 아파트의 불빛과 거리의 찬란한 불빛으로 물든 야경의 화려함을 바라보며 낮과 밤의 차이가 다름을 봅니다.

현재 살고 있는 팔 층에선 사방으로 시멘트의 아파트만 보였습니다. 그런데 이사 갈 십삼 층 집은 조금이라도 높아 앞이 확 트여서 아파트에서 나오는 불빛과 자동차들의 불빛과 간판의 네온과 가로등에서 뿜어져 나오는 많은 불빛들이 어두운 허공을 화려함으로 수놓았습니다. 낮은 집보다 높은 집을 사려는 이유가 이러한 경관 때문이겠지요.

커피를 다 마신 딸·사위가 막간의 시간을 이용하여 에어컨 필터를 빼내 청소하니, 올케도 베란다로 나가 거듭니다. 도배하고 등 갈고 고장 난 곳을 고치고 나면 목요일에 이사를 합니다.

낮에 왔을 때 제 마음은 '내일 오후에 가야지' 했는데 갑작스런 맘으로 늦은 시간 동생네가 간다기에 방향이 같은지라 따라나섰습니다. 밤 한 시 넘어 동탄 딸네 집을 나와 내 집에 오니 밤 두 시여서 길도 막히지 않아 얼결에 빨리 올 수 있었습니다.

찜통더위에 샤워를 하고 애꿎은 선풍기를 돌려놓고는 컴퓨터 앞에 앉아 이번 주에 할 일을 정리하다 보니 어느새 네 시. 내일을 위해 잠자리에 누웠으나 정신세계가 말똥말똥하니 살아 있습니다.

야경의 화려함을 즐기면시 마신 커피 한 잔으로 잠 못 이루는 밤! 묵주를 굴리면서 예수님 성모님을 불러 봐도 또랑또랑해집니다. 다시 책상에 앉아서 꾸리아 장부를 다 정리하고 누우려는데 여섯 시로 벌써 동녘이 밝아지며 태양이 떠오르는 중이었습니다.

'에라, 모르겠다! 지금부터라도 자자.'

하며 알람도 아예 꺼 버렸습니다. 뒤척거리다 어느새 잠들었지만 더위에 깨어 보니 아홉 시가 넘었네요.

일어나기 아까워 누워 있건만 선풍기는 시간제로 이미 꺼져 있으니 아침 더위에 시달려 잠도 오지 않아 결국 일어나 버리고 말았습니다. 오늘도 찜통더위와 더불어 살아야겠습니다.

코로나
전시를 뚫고

딸네가 연아를 놀라게 해 준다고 어젯밤에 급습했습니다. 연속극 〈동백꽃 필 무렵〉에 폭 빠진 비아는 연속극 보느라 새벽 다섯 시경에 잤다네요. 오늘 토요일은 아들네도 올라와 시끌벅적 정신없습니다.

이젠 손녀들 다섯 명이 모여도 예전 같지 않게 조용합니다. 각자의 휴대폰이 있으니 방마다 들어가 동화나라에 빠져들었습니다.

막내 여동생의 작은아들 재영이도 제 아들네서 잤다며 같이 올라왔네요. 저는 요새 코로나로 인해 영혼 없이 살고 있는 와중에 자식들이 왔으니, 가출했던 영혼이 돌아와 새삼 살아 있음을 실감합니다.

다들 늦게 일어났기에 아점으로 닭갈비 볶아 먹으려고 아침 준비를 하려는데, 밥은 이미 다 되어 그릇에 담겨져 있었습니다. 닭갈비도 이미 팬에 담아져 있기에 아침에 온 며느리보고

"네가 준비해 놓은 거니?"

하고 물으니 아니라네요.

며느리는 아이들 등살에 못 이겨 벌써 밥 먹여서 자전거 태우러 아파트 광장으로 나갔습니다.

뒤늦게 나온 딸에게 물었더니 저를 툭 치면서 하는 말은

"올케가 엄마보다 먼저 와서 수고할까 봐 어젯밤에 내가 해 놨지."

'헐! 올케 아끼는 마음은 알겠으나 어차피 내가 할 거구먼.'

미리 해 놓은 밥이라 이미 다 식어 버렸지만, 그래도 닭갈 비 달달볶아 잘 먹었습니다.

중참으로 딸이 준비해 온 곱창순대볶음도 양념과 야채 넣고 달달 볶아 간식으로 먹으며 맛있다 맛있다 합니다. 모두 달라 붙어 여럿이 먹으니, 와우! 정말 맛이 끝내 주었습니다. 여럿 이 먹는 음식엔 사랑의정이 넘칩니다.

비아는 새벽 다섯 시까지 봤어도 못다 본 〈동백꽃 필 무렵〉 에 몰입하고 있습니다. 비아는 자전거보다도 연속극에 열중 했는데요. 역시나 어른들도 옆에서 몰입하고 있습니다. 연속

극을 보면서 자식들 모여 앉아 있을 때 제가 슬쩍 말을 꺼냈습니다.

"목동 삼촌네, 장사도 안 돼서 삼촌 외로울 텐데, 삼촌네 가게에서 가족들 모여 밥 한번 먹었으면 좋겠다."

코로나가 발생하면서 늘 마음에 새겨두었던 누나로서의 아픔이었습니다.

"그래요? 그럼 내일 가죠."

당장 아들이 사위와 재영이와 의논하면서 대박가족 공지를 올렸습니다.

'명은이도 왔고 사회적 거리 두기를 열심히 실천하신 모두를 축하하기 위해 내일 저희 2세대 회장님께서 회비를 풀어 대박가족 긴급재난지원금으로 점심을 대접하도록 하겠습니다.

장소 : 시흥전주콩나물국밥

시간 : 오후 12시

바쁘시지만 잠시 시간 내셔서 모두 참석해 주시기 바랍니다. 명현이는 예랑도 함께 데려오세요.'

이렇게 대박가족들의 번개팅이 이루어졌습니다. 명국이와

명남이 빼고 모두 참석하겠다는 댓글이 올라왔습니다. 서로 힘을 보태 주는 대박가족들이 고마웠습니다. 동생네 갈 수 있다는 마음에 엉킨 매듭이 풀린 기쁨이었습니다.

며느리는 아이들 담당이 되어 광장에서 자전거를 태우기도 하고, 장난감 있는 연아네 집에 가서 놀다가 저녁 먹을 때 올라왔습니다.

수현이와 통화를 해서 알았는지 아이들을 끔찍이 사랑하는 셋째 올케가 손녀들 보러 냉큼 달려와 주었네요. 남동생은 친구들 만나러 나갔다 하고, 올케는 아이들을 엄청 좋아해서 일하다가 혼자라도 달려왔다고 합니다.

곧 그들의 딸 명현이가 11월에 결혼합니다. 현이의 아기가 태어나 꼬물거리면, 제 손녀들은 미우새가 될 나이지요. 그러면 우리 모두는 현이의 아가 천사에게 온 마음을 빼앗길 겁니다.

5월에 날 잡았던 결혼식이었는데, 코로나 발생이 점점 심해져서 11월 28일 오후 다섯 시로 다시 날을 잡았답니다. 예약했던 많은 다른 이들도 날짜들이 미뤄져 낮 시간대가 없다고 하네요.

지금은 세계가 코로나와 전시 중이라 모두가 불안에 떨고 있습니다. 성당도 사찰도 모든 학교도 언제 열릴지 모릅니다.

이런 때 혼자 영혼 없이 살고 있을 이 엄마를 위로해 주려고 자식들은 코로나 전시를 뚫고 찾아왔으니 고맙지만 갑자기 정신없네요.

딸이 재워 온 LA갈비를 구우며 오랜만에 함께하는 가족들과의 오붓한 저녁 만찬은 찬미의 즐거움이었습니다. 후식으로 아이스크림을 먹고 나서 민서가 기침 두어 번 하더니 입을 막으면서

"엄마, 코로나 걸렸어. 나 코로나 걸렸어."

코로나가 뭔지나 알고 하는 말인지 모르지만, 요렇게 조잘대는 세 살배기 민서 말이 우리 모두에게 웃음을 주었으니 너무 귀엽죠.

세무 일이 남아 있는 올케는 내일을 위해 밤 열 시 되어 갔습니다. 아들네도 내려갔고 재형이도 갔습니다. 비아는 역시나 동백꽃에 물들었고, 그의 엄마·아빠도 동백꽃에 빠지며 두런두런 얘기합니다.

네 명의 손녀들은 안방에 나란히 누워서 각자 휴대폰을 들고 자기들만의 동화 속으로 들어갔습니다. 저도 조용히 잠자리에 들었습니다.

일요일이지만 코로나로 인해 미사도 없습니다. 늦게 일어나 나갈 준비에 서둘러 아침기도까지 거르며 바빠집니다.

열두 시가 되어 시흥 가게로 모두들 모여 동생이 차려 주는 대로 모두들 맛있다며 잘 먹었습니다. 또 집집마다 싸 준 정성스런 콩나물국밥에 행복했네요.

화요일에 다시 만나기로 한 딸네 부부는 시댁에 간다며 비아·비주를 남겨놓고 시흥에서 떠났습니다.

우리는 둘째 삼촌이 이끄는 대로 안양계곡물 흐르는 커피숍에 갔습니다. 벚꽃이 만개되어 유원지 주위의 경치도 봄을 만끽하게 해 주었습니다. 점심은 이 세대가 냈으니 커피는 일 세대가 쏘기로 했습니다.

우리 일 세대는 달동네에 살 때부터 가족 회비를 걷어 집안 행사 때마다 요긴하게 쓰고 있어서 많은 돈은 모아지지 않았습니다. 이 세대끼리도 작년부턴가 회비를 걷고 있었다면서 오늘 처음 가족들에게 재난지원금 명목으로 지출했다 하네요.

많은 식구들이 모였으니 꼬맹이들도 있어 한쪽 구석에 자리했습니다. 커피숍이 들썩거려 이웃 손님에게서 조금만 조용히 해 달라는 요청을 받았네요. 죄송합니다.

며느리가 다섯 명의 꼬맹이들을 데리고 물 흐르는 계곡으로 내려가 돌 징검다리를 건너며 유유히 놀고 있습니다. 제 며느리는 아이들을 정말 사랑스럽고 예쁘게 잘 돌봅니다. 유리창 밖으로 보니 아이들의 노니는 모습이 천진난만하게 사랑스럽습니다.

일 세대 이 세대 대박가족들 다 모인 커피숍에서 내년 휴가지를 정했습니다. 와이키키 해변 하와이로~ 와우!

올해는 코로나 때문에 움직일 수 없으니 내년 팔월 달쯤에 가기로 했습니다.

다음 달 오월부터 일인 십만 원씩 회비 내는 걸로 결정지었답니다. 일이 세대 모두들 벚꽃보다 더 화려한 웃음꽃이 피었습니다. 저는 벌써부터 단아한 미소를 지으며 내년을 기대하고 있습니다.

장사에 힘겨워하던 동생의 웃는 모습도 봤으니 마음도 한결 편안해졌습니다. 코로나가 어서 종식되어 장사가 잘되기를 바라는 마음입니다.

커피숍 앞에서 헤어지려는데 갑자기 비가 솔솔이 내려옵니다. 아들과 재영이는 일산을 갔다 와야 한다면서 따로 출발하고요, 저와 꼬맹이들과 명은·명현이도 며느리가 운전대 잡은 차에 올라탑니다.

명현이는 수원으로 간다 하여 레비 따라 돌고 돌아 사당역에 내려 주었고, 친구 만난다는 명은이는 홍제동에 내려 주는데 비가 서서히 멈추네요.

일산에 들렀다가 집으로 들어와 저녁은 삼겹살이라며 아들은 고기 사러 나갔습니다. 밥 다 해 놓고 기다리는데 올 시간이 지났건만 소식이 없네요. 시간이 한참 걸린 걸 보아 동네 아닌 멀리 코스트코까지 가서 고기를 사 왔으니 늦을 수밖에 없지요.

지글지글 삼겹살 굽는 소리가 입맛을 살려 주었답니다.

교복 입고 삼각지에서 한강다리를 건너서
깔깔대며 노량진까지 걸어 다녔던
우리들의 발랄했던 학창 시절에 만나
지금껏 탈 없이 잘 살아왔건만,
아직 살날이 많이 남았는데 왜….

3부

/

내 친구에게 띄우는 편지

내가 사랑하는
여고 동창들

고1 때부터 한 반 되어 우정을 나누게 된 친구들.

이팔청춘 십육 세에 만나서 육십이 다된 지금까지 허물없이 잘 만나고 있습니다.

마음들이 착하여 싸움 한번 안 하고 소리 한번 지른 적 없는 우정으로 맺어진 사십삼 년 지기 친구들입니다. 얼굴 한번 붉힌 적 없고 큰소리 낸 적 없는 우리들의 우정에는 싱그러운 사랑이 깃들어져 있었기 때문에 서로를 이해해 주는 배려가 만들어 낸 진정한 친구들입니다.

결혼 후에는 남편들과 함께 어울려 여러 번의 만남도 있었습니다. 더러는 남편들끼리의 만남이 있었기에 우리 친구들 마음을 잘 아는 서방님들은 마나님들의 만남을 잘 도와줍니다. 남편들은 안부를 물어보면서 어쩌다 만나면 반가워하기도 한답니다.

우리들은 술도 마실 줄 모르고 춤도 출 줄 모릅니다. 그 흔한 디스코장, 나이트클럽 한번 가 본 적도 없고 맛난 집을 찾아다니는 식도락가도 아닙니다.

남들 잘하는 동양화 그림 놀이도 할 줄 모르고 신나는 노래방 갈 줄도 모르고 영화 한번 제대로 본 적 없습니다. 그렇다고 나들이나 여행 한번 제대로 간 적도 없습니다. 무슨 재미로 만나는지는 모르겠습니다.

그래도 우리의 모임은 한 달에 한 번씩 만난 지 사십 하고도 삼 년. 그나마도 집으로 다니는 방콕으로 만나 재미있다고 깔깔 웃으며 떠들다가 헤어지는 게 고작이랍니다. 지금까지 우정에 금 가지 않고 깨지지 않게 만나 온 것, 정말 대단하지 않나요?

정말 재미없는 친구들이지만 만나면 반갑고 헤어지면 그리워하는 은근과 끈기가 있는 정 깊은 친구들입니다. 그동안 깊고 깊게 쌓인 끈끈한 정이 우리 서로를 이끄나 봅니다.

학창 시절부터 서로의 마음을 너무나도 잘 알고 있고 친정 식구들의 사연까지 알고 있는 우리들입니다. 순수하고 깨끗한 학창 시절의 예쁜 마음들이 육십이 다된 지금까지 변함없는 예쁜 사랑으로 이어져 왔습니다. 벌써 우리들 아이들이 다 들 자라서 결혼한 자식들도 있고 혼기가 지난 자식들도 있으니 은근히 서로 걱정하기도 한답니다.

이 아이들이 유치원 다니기 전 훨씬 어렸을 적에 창경궁에서 만나 병아리들처럼 올망졸망 나들이했던 때가 엊그제 같건만, 벌써 어른이 되어 엄마·아빠를 걱정하는 아들딸들이 되었습니다. 이제는 우리 품을 벗어나 오히려 우리가 그 아이들에게 보호받아야 하는 세대가 되었습니다.

이만큼 세월이 지나고 보니 우리도 솔솔이 영글었다는 생각이 듭니다. 젊고 팔팔하던 때가 엊그제 같은데, 긴 생머리 어깨 밑으로 찰랑찰랑 흘러내리고 미니스커트에 나팔바지 입고 명동을 누비던 때가 엊그제 같은데…. 큰 키는 아니지만 은은히 화장하고 길에 나가면 예쁘다고 한 번 더 쳐다봐 주던 때가 있었습니다.

평범한 직장 생활이지만 우리에게도 피 끓는 젊음과 꿈이 있었습니다. 명동커피숍에서 만나 떠들며 얘기꽃 피우던 때도 있었습니다. 결혼한다고 서로 쫓아다니며 축하하던 때가 엊그제였는데 말입니다.

지금도 마음과 생각은 항상 청춘이지만, 이제는 육십이 다 된 우리들 모습에서 풍요롭게 잘 영근 나이를 보게 됩니다.

미숙한대로 아름다움을 지니고 삽니다.

이제는 거울을 보며 아무리 젊어지게 보이려 용을 써 봐도 소용이 없습니다. 돈 들여 머리 모양을 제아무리 바꿔 봐도 소용이 없습니다. 흰머리를 검정색으로 염색하면 뭐합니까. 속알머리의 흰 머리카락과 새로 나오는 주변머리의 흰머리는 감춰지지 않고, 제아무리 비싼 옷을 입어 봐도 똥배가 나와서 맵시가 안 납니다.

그렇지만 인생의 깊은 맛을 아는 고즈넉한 나이에서 후덕함을 봅니다. 그래서 이제는 있는 그대로 살아가기로 했습니다.

화장도 하지 않고 머리 모양도 뽀글이 파마로 합니다. 옷도 새로 사지 않고 과거에 입었던 옷을 리폼해 봅니다. 작으면 작은 대로, 크면 큰 대로 걸칩니다. 똥배 좀 나오면 어떻습니까? 육십의 중후해진 아줌마의 멋이지요, 뭐.

그 좋아하던 사진도 이제는 안 찍습니다. 학창 시절 처녀 시절엔 아무렇게나 찍어도 예뻤지만, 지금은 사진의 모습이 예쁘게 나오질 않습니다. 그래서 청춘이 좋은 거지요.

영자는 아예 흰머리를 감추지 않고 하얗게 하고 다닙니다. 그래서 뒤에서 보면 할머니요, 앞에서 보면 젊은 아주머니입니다. 숙영이는 얄밉게도 흰머리도 없어 자연 그대로이니 얼마나 좋을까요.

저도 염색을 안 한다면 아마도 전체가 백발일 겁니다. 인사 받기 싫어서 귀찮아도 머리에 염색을 합니다. 그래도 아직은 젊고 싶거든요. 다행히도 얼굴이나 목에 주름살이 없고 체격이 작아 그다지 나이가 들어 보이지 않아서 득을 조금 보고 있습니다.

이제는 서서히 버리는 작업을 하고 있습니다. 먹는 것 외엔 무엇이든지 사들이지 않기로 했습니다. 그래서 아들딸이 옷을 사 준다고 하면 현금으로 달라고 합니다. 그런데 애들은 돈보다 물건으로 사 주기를 좋아합니다. 물건으로 선물하는 것이 정성이 있다나요.

'너희도 나이 들어 봐라, 물건보다는 현금이 좋단다.'

이제 우리 친구들의 모임은 식당에서 이루어집니다. 나이 들어서인지 밥하기 싫어들 합니다. 그래서 좀 점잖은 식당을 찾게 됩니다.

젊은이들이 많은 곳은 민망해서 못 가겠습니다. 요즘 젊은이들은 너무 노골적으로 스킨십을 잘합니다. 길거리서, 에스컬레이터에서, 지하철 기다리며, 지하철 안에서조차 좋다고 뽀뽀하는 장면은 구식이 된 우리로서는 민망스러워 쳐다볼 수가 없습니다. 오십 년대 구식 줌마들이라 오히려 우리가 부끄러워집니다. 그러나 젊음은 상큼합니다.

광화문 근처 경복궁 식당을 들어가니, 앞으로 십 년 후 우리 모습의 어르신들이 많이 모이셨습니다. 점잖은 분위기의 식당이지만 황혼의 멋진 어르신들만이 모여 있는 모습을 보니 갑자기 제 마음도 황혼으로 물들어 갑니다.

'어느새 우리가 이런 곳을 찾게 되었을까?'

그러나 그곳은 어르신들만의 독특한 생명의 삶이 있었습니다. 칠십이 넘고 팔십이 넘었는데도 '애 순자야, 미자야' 하며 이름을 부르는데 너무도 꾸밈없는 순수한 황혼의 모습들이 아름다웠습니다.

저분들도 젊었을 땐 아름다운 꿈 많은 소년 소녀 시절이 있었을 테지요. 살아오면서 젊은 청춘을 불사르던 시절이 있었을 테지요.

아마 친구들 만났을 때만이라도 분명히 젊음을 되살려서 빛바랜 옛날 학창 시절의 모습을 생각하며 희미해진 과거 속의 이야기로 한바탕 웃음꽃을 피울 겁니다.

흘러간 강물은 되돌아오지 않지만, 친구들은 만날 때마다 가슴이 설레는 과거 이야기로 되돌아가서 아름다운 이야기꽃을 피울 수 있다는 것으로 알알이 익어 가는 즐거움을 찾습니다.

젊은이들이 모르는 어른들만의 삶 속에는 진정으로 아름답고 순수하고 생활 속에 젖어 있는 지나간 꿈들이 살아 있습니다. 살아온 세월의 생명체가 꿈틀대며 영글어 가는 삶을 살아가게 합니다.

어느 날, 경복궁 지하철역에서 우연히 들려온 어르신들의 얘깁니다.

"얘, 글쎄 걔가 많이 아프단다. 암이래. 그런데 본인은 모른데. 걸음도 못 걷고 밥도 잘 못 먹는다는데 앞으로 모임에 나오기 힘들겠어."

그러면서 한 사람 한 사람 세상을 떠나겠지요. 이 또한 앞으로 십 년 이십 년 후 우리 모습입니다. 우리도 별수 없는 삶이겠지만 사는 만큼이라도 친구들과 만나면서 학창 시절 이야기하며 즐겁고 행복한 시간들을 만들어 가야겠습니다. 우리의 젊음의 시간을 되돌려봅니다.

"얘, 그때 명자가 맹 선생 무척 좋아했는데."

"그때 명자가 옷에 대해서 얼마나 신경 썼니."

"맹 선생님 아직 살아 계실까?"

"살아 계시다면 많이 늙으셨을 거야. 그치?"

"그때가 좋았었는데…."

주저리주저리 꿈 많던 여고 시절 학창 시절을 얘기하며, 문득 명자가 그리워집니다.

'명자야 어디서 사니? 우린 다 모여 있는데 졸업 후 너만 헤어져서 소식이 없구나.'

학창 시절은 흘러갔지만 우리들 마음은 여전히 여고 시절의 아름다운 마음으로 살고 있답니다. 학창 시절은 별이 반짝이는 아름다운 과거입니다.

'친구들아! 사는 날까지 건강하자.'

죽음의
기로에서

삼 년 전에 친한 견진 친구 하나가 암으로 세상을 떠났습니다. 그런데 또 하나의 절친한 견진 친구 하나가 겨우내 암과 투병하여 부활하는가 했더니 오늘내일 하늘나라로 가려 하고 있습니다.

청천벽력이라는 말이 새삼 실감납니다. 예상치 못했던 일들이 일어나고 있기에 놀란 가슴 새가슴 되어 불안하고 초조하여 가슴이 답답하고 마음이 아픕니다.

오늘은 예수님을 원망하고 싶습니다. 법 없이도 살 만큼 착하고 진실 되게 살던 친구였는데…. 성령기도회에 다니며 열심히 기도하고 기쁘게 봉사하며 하느님 찬미하며 살던 친구였는데…

소화 안 된다 하여 병원에 갔더니 암이라 수술하여 겨우내 항암치료하며 좋아졌다 하더니, 이젠 모두 전위되어 준비하라니요. 세상에 이럴 수가 있나요?

예수님! 말해 보세요. 성모님! 말해 보세요. 봄이 되어 만물이 살아나는 계절에 내 친구는 왜 살아나지 못합니까?

지하실에서 요꼬 공장하면서 먼지 풀풀 날리며 털실 뽑아 스웨터 짜서 납품하며 열심히 살던 친구였습니다. 남에게 피해 안 주고 죄짓지 않고 아이 셋 키우며 시집식구 뒷바라지하며 열심히 살았던 친구였습니다.

이제 곧 좋은 집으로 이사하여 깨끗하고 편하게 살아 보려고 아파트도 장만하여 며칠 후면 이사하려 했는데….

가을이면 아들 장가들이려 했던 친구였는데….

말해 보세요. 왜 일찍 데려 가시는지 말입니다.

서른셋 젊은 나이에 예수님도 하느님 뜻에 따라 일찍 가셨지만 그래도 육신으로 다시 부활하시어 저희에게 기쁨을 주셨습니다. 그러나 우리의 육신은 부활할 수 없어서 안타깝습니다. 죽음은 먼 곳 남의 일이 아니라 가까운 내 주위에서 일어나고 있어서 마음이 몹시 답답하고 아파 옵니다.

구 년 전엔 사랑하는 연인 파비아노가, 그 한 달 뒤엔 견진 친구 아들 기표가, 삼 년 전엔 견진 친구 세실리아가, 사 년 전엔 사촌 동생 영제 바오로가, 이 년 전엔 내 동생 베드로가, 작년엔 고요한의 와이프가 세상을 떠났습니다.

엊그제는 성당 동생인 글라라의 남편 프란치스코가 뇌경색으로 쓰러져 혼수상태로 중환자실에 있는데….

지금은 견진 친구 소피아가 죽음의 기로에서 묵주 돌리며 아버지를 찬미하고 있습니다.

이렇게 사랑하던 사람들이 하나씩 하나씩 하느님 나라로 가고 있습니다. 정말 마음 아픕니다. 답답한 가슴을 움켜잡아 봅니다. 긴 한숨을 내쉬어 봅니다. 그래도 답답함을 어찌할 수 없습니다.

사랑이 담긴 말은 생명력이 있다는데….

사랑이 담긴 말을 하면 듣는 사람에게는 힘이 되어 준다는데….

생명이 다급한 친구에게 사랑이 담긴 말을 해 준다면 사랑의 신비를 맛볼 수 있을까요?

사랑의 원천은 예수님이십니다. 예수님의 사랑이 담긴 말로 생명력을 불어넣는다면, 그리하여 예수님의 사랑이 제 입을 통하여 전해진다면, 삶의 갈망을 느끼는 친구에게 삶의 뿌리가 되살아날 수 있지 않을까요?

그러나 오늘 막상 친구를 만나 보니 생명의 말을 전하기는 커녕 할 말을 잃은 채 아무 말도 못하고 너무 안타까워 눈시울만 적시다 왔습니다.

고대병원서 프란치스코를 만나보고, 서울대병원서 소피아를 보니 그래도 다급한 마음에 원망은 어디로 가 버리고 하느님과 성모님을 찾게 되더군요.

'하늘의 계신 우리 아버지…, 은총이 가득하신 마리아님… 두 사람 다 다급하고 위험합니다. 아빠! 엄마! 도와주세요. 제발 그들에게 자비를 베풀어 주십시오. 새 생명의 숨을 불어넣어 주세요.'

녹음이
질어질 때

'목련꽃이 질 때면 내 친구도 떠나려나?'

봄에 걱정하던 일들이 지금 서서히 일어나고 있습니다. 암과 투병 중이던 소피아가 결국은 일어나지 못하고 떠나려 하고 있습니다. 너무나 마음이 아픕니다. 너무나 가슴이 저려 옵니다.

혹시 오늘 밤? 아니면, 내일 밤? 그런 심정으로 하루하루를 준비하더니…. 이제 이틀이 고비랍니다.

착하게 살던 친구였습니다. 마음도 고운 친구였습니다. 악하지도 못한 친구였습니다. 열심히 살고자 한 친구였습니다. 정신을 놓을 때까지 원망도 없이 오로지 예수님 찾으며 자신을 내맡긴 친구였습니다. 정신을 놓기 전까지 깔끔하게 자신을 정리한 친구였습니다.

'왜요? 왜 이렇게 착한 친구를 일찍 데려가시는지요? 하늘나라에서 쓰시려고요?'

아닙니다. 하늘나라는 좀 더 나중에 데려가도 좋을 텐데요. 그러나 아버지는 이미 작업을 다 해 놓은 것일 테니 아버지 뜻에 맡기는 수밖에 없지만 서운하고 속상합니다.

월요일엔 친구 곁에서 몇 시간 있었는데 몰골이 말이 아닙니다. 옆의 할머니가 밖에 따라 나와 소곤대며 하시는 말씀이 어제 있었던 이야기를 해 주십니다.

"누가 나를 데리러 왔다. 따라가야 돼."

하더랍니다. 아마도 저승사자가 와서 기다리고 있나 봅니다. 친구는 점점 정신을 놓아 가고 있습니다.

종부성사가 필요할 것 같아 여기저기 신부님을 찾아보았습니다. 마침 월요일이라 사제관에 계시는 신부님 찾기가 어렵습니다.

한참 만에 미아 삼동 보좌 신부님과 연락되어 오셔서 병자성사와 종부성사를 주셨는데 영성체는 하지 못했습니다. 물도 안 넘어가는 상태라서 영성체를 영할 수가 없었던 겁니다. 그래도 종부성사라도 받았으니 다행이었죠.

친구가 예수님께로 갈 수 있는 길을 열어 주었습니다.

화요일은 저의 친정아버지 제사라서 들러 보지는 못했지만 마음은 소피아에게 가 있었습니다. 오늘이 아니기를 바라면서….

'친구야! 어쩜 좋으니…? 어쩌다 이렇게 된 거야.'

기도했습니다. 이왕이면 친구가 편안하게 임종할 수 있도록 아버지께 도움을 청했습니다. 친구의 가족들을 돌보아 주시도록 어머니께 도움을 청했습니다.

삼 년 전에 친구 세실리아가 세상을 떠날 때도 친구들 중에 나 혼자 세실리아의 모습을 봤는데, 이번에도 나 혼자 소피아의 마지막 모습을 보게 되려나 봅니다.

'친구야! 아무 원망도 없이 묵묵했던 너의 모습이 아련하구나. 아름답던 모습은 간데없고 죽음의 그늘이 너를 덮고 있구나. 편안하게 하느님 나라로 가려무나. 고통도 슬픔도 괴로움도 없다는 하느님 나라로….

기쁨과 즐거움과 아름다움만이 있다는 하느님 나라로…. 근심 걱정하지 말고 가길 바란다.'

목련꽃이 질 때면 소피아도 가려나 했더니, 녹음이 짙어지는 칠월 십육 일 중순에 소피아의 생명 꽃이 지려 합니다.

우리 견진 친구는 일곱 명에서 이제 네 명만 남습니다. 바울라는 어느 날 어디론가 훌쩍 가 버리고, 삼 년 전 세실리아가 일찍이 하늘나라에 가 버리고, 소피아마저 이제 하늘나라에 가 버리면 이제 우린 네 명만 남게 되니 인생 서글퍼집니다.

성령 세미나 교육으로 견진 세례를 받고 헤어졌다가 잘 모르는 얼굴들을 아름아름 찾아내어 하느님 안에서 일곱 명이 시작한 비슷비슷한 나이의 견진 모임입니다. 한동네서 만나 재밌게 깔깔대며 이십팔 년을 사귄 친구들입니다.

이제는 우리의 아이들이 자라서 시집도 가고 장가도 가는 나이가 되었습니다. 손자·손녀 보는 젊은 할머니들이 되어 인생의 즐거움을 더 누릴 수 있을 때입니다. 그새를 못 참고 친구는 떠나려 합니다. 안타깝게도 친구를 떠나보내는 슬픔을 또 겪어야 합니다.

수요일 낮 미사 후에 데레사와 둘이 소피아를 만나 보고 왔을 때 '곧 눈을 감겠구나.' 하는 마음이 들었습니다. 아니나 다를까요? 그날 저녁 여덟 시 사십 분에 매점에서 소피아의 부고를 받으니, 온몸의 힘이 빠져 버려 어찌할 바를 모르겠습니다.

매점에서 한 시간 일찍 나왔지만 종로삼가에서 서울대병원 장례식장 쪽으로 가는 버스도 없고, 늦은 시간이라 빈 택시도 없어서 어둠의 밤길을 두근거리며 터덜터덜 걸었습니다. 안 다니던 길이라 교통편 찾기가 쉽지 않습니다.

'광장시장 앞에 가면 버스가 있을까? 택시를 잡을 수 있을까?'

건널목이 없어 이쪽저쪽 헤매다가 결국은 일방통행인 원남동 어두운 길을 걸어 걸어서 소피아에게로 갔습니다. 땅속 지하철만 타고 다녔더니 지상의 버스노선을 잘 모르겠습니다. 어찌나 힘들게 헤매었는지 발가락이 아팠습니다.

'소피아! 심적으로 육적으로 여태껏 고생하며 힘겹게 살았으니 하늘나라에서나마 영복을 누리며 잘 지내렴. 너는 심지가 굳으니깐 잘 지낼 거야. 네가 잘 키운 듬직한 동균이, 마음 착한 소희, 철없던 소연이도 너의 곁에서 자리매김을 잘하고 있는 걸 보니 걱정 안 해도 되겠더라.

조금만이라도 더 살아서 세 아이들의 효도라도 듬뿍 받았으면 좋았을 걸…. 새로 산 아파트에 들어가 살아 보기라도 했더라면 좋았을 걸 하는 아쉬움 떨쳐지지 않는구나.'

벽제서 가루로 내어 부안 선산 땅에다 수목장을 한답니다. 벽제장도 망자가 많다 보니 나흘장이 되었습니다. 나흘장이라 목요일·금요일 레지오 단원들의 연도는 굉장히 많이 받았습니다.

토요일 새벽 여섯 시 장례미사입니다. 일요일이면 어쩌나 걱정했는데, 일요일이 아니라서 다행이었습니다.

'소피아! 해설은 내가 해 줄게. 너의 마지막 가는 길 내가 예수님께 자비를 청해 보련다. 또한 벽제장까지 심심하지 않도

록 우리가 동행해 줄 테니 걱정하지 말고 잘 가!'

장례 미사 후 비가 조금씩 오기 시작합니다. 소피아의 한 맺힌 마음이 얼마나 아프길래 소피아의 마음을 잘 아는 것처럼 가랑비도 하염없이 내리고 있습니다.

벽제가 가까울수록 빗살이 더 굵어지더니만, 소피아의 모습이 가루가 되어 선산으로 가고자 밖으로 나올 때는 장대비가 되어 퍼부었습니다.

'소피아야! 네 속상한 마음 우리가 잘 알고 있지. 원래 가족들에게 못 하는 얘기를 친구들끼리는 다하잖니. 우리는 거의 28년 동안 만나면서 정말 많은 이야기들을 했는데….

아이들이 커 오는 모습들도 보고 남편들이 속 썩이는 모습들도 봐 왔기에 우리는 서로의 깊은 마음과 아픈 마음들을 헤아릴 수 있는 거였단다. 쉬지 않고 내리는 빗줄기를 보니 네 마음의 슬픔을 보는 것 같아 우리들 마음도 아프면서 서글펐단다.'

소피아 때문에 벽제 화장터를 처음으로 가 보았습니다. 많은 망자들이 들어오는 순서대로 망자 대기실에 가 있다가 시간이 되면 차례대로 화장하러 들어갑니다.

소피아의 운구가 들어가고 철문이 닫히는 모습을 옆 창구에서 바라보니 내 가슴이 에이도록 아픕니다. 가족들과 친지들이 통곡으로 오열 합니다.

'이게 아닌데, 정말 이게 아닌데…. 왜 가루로 뿌려 달라고 했니? 성당 산으로 가면 네가 보고 싶을 때 우리가 가끔은 찾아갈 수 있을 텐데…. 불에 타는 고통도 면할 수 있었을 텐데….'

한 시간 반이 지나서야 소피아의 모습은 어디로 가고 분쇄골에서 나온 한 줌의 가루!

'후~' 하고 불면 날아갈 한 줌의 가루가 되어 나오니 정말 인생이 야속하게 느껴졌습니다. 가족들과 모든 이들의 통곡 소리가 소피아에게 위로가 되었으면 좋겠습니다.

'소피아야! 네가 원했기에 너의 유언이라 해서 가족들이 그대로 따라 준 거란다. 부안까지 따라가지 못해 미안하다. 나의 친구 소피아, 잘 가~!'

레지나 병문안

"나 너무 아파서 내일모레 우리 모임에 못 나가겠어. 너무 아파 죽겠어."

"어디가 아픈데…?"

"모르겠어. 온몸이 너무 아파."

"그래? 알았어. 몸조리해, 우리끼리 만날게."

목소리도 잘 안 나오듯 말하는 친구는 정말 많이 아픈가 봅니다.

즐거운 성탄이 막 지난 일요일 저녁은 견진 친구들 모이는 날입니다. 네 명이 모이건만 날짜가 잘 맞지도 않아서 가급적 모두 모이도록 시간 배려하는데도 잘 안 되네요.

처음엔 일곱 명이 시작한 견진 모임이었지만, 그사이 두 친구가 암으로 세상을 떠났습니다. 또 한 친구는 아주 멀리 이사를 가 버렸으니 하느님이 맺어 주신 네 명은 겨우 겨우 견진 세례식의 끈을 이어 가고 있습니다.

그래도 혹시나 모임에 가면서 레지나에게 전화를 해 봤습니다.

"레지나야, 웬만하면 나와."

그랬더니 응급실이라네요.

"응? 갑자기 응급실이라니…. 그 정도로 아픈 거야?"

순간 우리 친구들은 놀라움을 금치 못했습니다. 그동안 병명도 모른 채 한여름에도 춥다 하고, 입이 벌어지지 않아 불편하긴 했지만, 응급실에 갈 정도로 심한 줄 몰랐던 겁니다.

이틀 후, 오후에 레지나에게 전화를 걸었더니 영진이 아빠가 받으십니다.

"레지나는요?"

"방금 수술이 끝나서 중환자실에 있어서 저도 아직 못 봤어요."

"수술까지 했어요? 입이 안 벌어져서 수술한 건가요?"

"아니, 갑자기 숨을 못 쉰다고 해서 응급실에 왔더니 어제 검사하고 오늘 수술했어요. 목구멍이 좁아지고 있어서 위험할 뻔했대요."

"그래요? 큰일 날 뻔했네요."

목요일 늦은 시간 여덟 시에 우리는 모여서 병문안을 갔습니다. 목을 뚫어 수술을 한 후 입원실에 누워 있는 레지나를 보는데 마음이 아파 눈물이 났습니다.

"기집애, 이게 뭐야. 이 정도로 아팠던 거야?"

견진세례 후 삼십 년 지기 친구들입니다.

'육년 전에는 세실리아가, 이년 전에는 소피아가…. 이렇게 두 친구가 암으로 하느님 세상으로 갔는데 이게 웬일이람.'

말을 못해 종이에다 글로 쓰는 레지나의 모습을 보며 그래도 암이 아니었기에 나행이다 싶었습니다.

나오면서 병간호해 주는 남편에게 친구가 말했습니다.

"성당에 나가세요. 그래야 레지나를 위해서 기도를 해 주시죠."

"일 손 놓으면 나가기로 했어요. 아직은 돈은 벌어야 영진이 엄마 굶기지 않지요."

"그럼 나중에 가는 걸로 약속하신 거예요! 지금이라도 일요일에 교리 받으면 되는데…. 아무튼 나가기로 약속했으니 이제 약속만 지키시면 되네요. 레지나도 원하는 일이니 꼭 나가세요."

친구의 신랑은 아내를 사랑하는 마음이 지극했습니다. 자식들이 아닌 아내를 굶기지 않으려고 일해야 한다니, 여자들이 제일 좋아하는 반가운 소리였지요. 생활의 안정도 있었지만 레지나의 행복은 남편에게 있었습니다.

주모경으로 레지나의 쾌유를 기도해 주고 집으로 오는 우리들의 발걸음이 결코 가볍지만은 않았습니다. 다행히 암이 아니었기에 한결 마음은 놓였습니다.

'친구들이여, 아프지 말고 열심히 살자~!'

빨리 일어나,
봉심아

네 남편이 출근 않는 일요일 아침이기에 망정이지. 잠에서 일어나지 않은 너를 둘러업고 달려간 네 남편 덕에 중환자실에서 산소호흡기 끼고 누워 있는 네 모습 보니 다행이다 싶었지만 더 많이 놀랐어!

그새 통통하던 모습에서 바싹 마른 모습으로 변해 버린 봉심아, 오늘이 우리 견진 모임이었잖아. 엊그제만 하더라도 '알았어, 갈게.' 했던 네가, 아무리 기다려도 오지를 않아 네게 전화를 계속했지.

누군가 네 전화를 받아서 중환자실이라 알려 주기에, 깜짝 놀라 순옥이와 선배와 나는 밥 먹다 말고 달려갔어. 눈도 제대로 못 뜨고 말도 못하고 누워 있는 너.

귀가 열려 있어 말귀 알아듣고 고개만 끄덕이며 미소 짓는 네 모습은 조금도 일그러지지 않아 천사 같구나.

사 년 전부터 루게릭이라는 병으로 서서히 몸이 굳어 간다더니, 이제는 침상에서 움직이지도 못하는 너를 봐야 하는 거니? 이게 뭔 일이니.

한일병원 응급실에서는 입원실이 없다하여 네 남편과 함께 입원실이 있다는 가까운 수유역 근처에 작은 현대병원으로 옮겨져, 치료받으려는 네 모습을 보고 그나마 안도의 숨을 쉬며 돌아섰지만 우리들의 발걸음은 그래도 무거웠단다. 답답하고 암울하구나.

아직 더 살아야 할 나이인데 왜 벌써 가려고 하는 건데? 우리 이제 예순넷이야. 아직 우리 더 만나야 하고 더 놀아야 하고 더 웃어야 하잖니!

갈 데도 많고 해야 할 일도 많은데…. 이제야 우리가 여유롭게 다닐 수 있는 나이가 됐는데…. 우리 못 가 본 데 너무 많잖아? 너 다니는 거 무지 좋아하잖니.

빨리 일어나, 봉심아!

어서 일어나서 이제라도 여행 다니자.

꽃밭을
꾸미겠다고

입원실이 없다는 한일병원서 나와 수유리 현대병원서 치료를 받는 걸 보고 왔는데, 그날 바로 또다시 상계백병원 중환자실로 옮겼다는 얘길 들었어.

다음 날 데레지나를 만나 면회 시간 맞춰서 달려가 중환자실 안에서 밀실에 혼자 누워 있는 너를 보면서, 자가 호흡이 안 되어 인공호흡기에 의존하고 있는 네 모습이 너무 안타까웠어.

간호원이 와서 보더니 곧 인공호흡기를 빼고 병실로 갈 거라는구나. 그 와중에도 친구가 왔다는 소리에 눈도 못 뜨고 미소 짓는 네 모습이 너무 너무 애처로울 뿐.

오늘부터는 자가 호흡을 할 수 있어서 오후 병실로 올라간다는 소리에 마음이 놓인다만, 언제 일어날 거니? 대화는 할 수 없지만, 눈도 못 뜨지만, 우린 오랜 친구라 마음과 마음으로 서로를 잘 알고 있지.

봉심아, 너의 착한 마음에서 네 가족들 사랑이 느껴졌었단다. 남편과 자식들에게 폐 끼치지 않으려는 네 마음도 잘 알고 있어. 이 시간까지도 인상 하나 쓰지 않고 미소 짓는 너를 보면 천사 같아. 면회 시간이 다되어 네 곁을 나오긴 했는데 발길이 잘 안 떨어지네.

네 아들 영진이와 영호를 만났는데 의젓하게 컸더구나. 초딩 때 본 기억뿐이었는데, 네 아들이다 하고 보니 기억이 살아나는구나.

봉심아! 든든한 두 아들들이 너를 지키고 있고, 너를 왕비 모시듯 끔찍이 사랑해 주는 남편이 있기에, 너의 행복함이 너를 편하게 해 주는 거라는 생각이 든다. 루게릭병은 헤어나기도 힘들다는 걸 알면서도 잘 받아들이고 있는 너의 깊은 뜻에 내 마음도 저리구나.

지난달까지도 우리 모임에 나와 밥을 먹다가 힘들다며 내 무릎을 베고 누울 때 내심 속으론 엄청 놀랐단다. '얼마나 힘들면 식당인 줄 알면서도 누웠을까?' 싶어 마음 아팠어.

이것이 우리의 마지막 모임이었을 줄을 누가 알았겠니? 정말 아무도 몰랐지. 이때만 해도 누워 있는 네 얼굴 편안해 보였고 버스 타고 집에도 잘 갔으니 누가 걱정했겠니?

그런데 오늘은 네 모습을 보면서 길게 가지는 않을 것이란 생각에 기도하게 되었단다. 봉심이를 편하게 잠재워 주시라고…. 예수님께 화살기도를 드렸어. 미안하다, 봉심아.

그런 며칠 후엔 서울대 병원 중환자실로 옮겨갔다기에 마음이 급해 혼자라도 찾아갔더니 면회 시간이 아니라서 만날 수가 없다는구나.

내일은 추석 전날이라 또 올 수가 없어 걱정하고 있었는데, 중환자실 안내하시는 분이 오늘 오후에 퇴원하여 집으로 가서 추석을 지내기로 했다는 말씀에, 가족들과 있게 되어 다행이다 싶어 발길을 돌렸단다.

밤새 안녕이라는 말을 이럴 때 쓰나 보다.

추석 전날 열심히 음식 장만하다가 결국 너의 임종 소식을 듣게 되었으나, 일하던 중이라 가 봐야 되나 말아야 되나 대략 난감 중이었을 때 네 남편의 전화를 받았어.

매장을 하고 싶은데 자리가 없다는 네 남편 말에, 하던 음식 내팽개치고 단숨에 백병원 영안실로 달려갔잖아. 납골은 많지만 네 남편이 싫다며 묘지를 사고 싶다는 거야.

네 큰 아들 영진이를 앞세우고, 너를 끔찍이 사랑하시는 네 남편 모시고 양주 샘내 묘지를 무조건 찾아가 즉석에서 네 펜션을 다섯 평이나 사질 않았겠니.

땅을 사고 나니 역시 네 남편이 안심하며 좋아하시는구나.

납골은 정말 싫었다면서 네 무덤에 꽃밭을 꾸미겠다고 하신다. 차 타고 오면서 네 남편 하시는 말에 내 가슴이 찡했어. 세상에 이런 남편이 있다니...

"아쉬운 대로 칠십까지라도 살아 주었으면 좋았을 걸…."

하시더라. 넌 눈 감았어도 행복한 여인이야.

명절 지난 다음 날 새벽, 데레사와 수유성당에서 숙연하게 장례미사를 드렸지.

장례버스를 타고 네 뒤를 따라서 산속에 있는 네 펜션에 곱게 들여보내고는, 네가 주는 마지막 밥을 먹고 집에 오니 오후 한 시 전이더구나.

아쉬운 나이에 떠나서 안타까웠지만, 네 남편의 사랑을 먹고 가는 너는 행복하게 꽃길을 가지 않았을까 한다.

봉심아! 네 남편이 주일마다 찾아가며 네 집을 가꾸고 계신다는 말을 네 올케언니에게 들었어. 네 남편은 변치 않는 마음으로 너를 돌보고 계신다기에 네 남편이 안쓰럽긴 하다만, 그래도 듣는 내 마음이 푸근하더구나.

봉심아! 그 근처에 나의 식구들도 있는데 네 영혼이 자유롭다면 울 아버지, 울 엄마와 내 남편 파비아노도 찾아보렴. 그리고 네 남편이 너를 찾아갈 때마다 방자 같은 네 남편 위로도 좀 해 주고….

봉심아, 레지나야, 보고 싶다!

칠십까지만
살다 가도

오늘은 레지나의 사십구재라 우리 친구들은 영진이 아빠 차를 타고 산소에 따라가 보았습니다. 삼우제 때는 명절 뒤 끝이라 가 보지 못해 미안했었는데, 오늘이라도 갈 수 있어서 다행이었습니다.

그녀의 남편이 주일마다 다니면서 산소 주위를 아름답게 꾸며 놓았다더니, 정말 노란 국화꽃이 소복하게 활짝 피어 우리를 반겨 주었습니다. 울긋불긋한 조화들도 한 아름 꽂혀 있고, 심어 놓은 키 작은 측백나무 몇 그루가 싱그럽게 울타리가 되어 있습니다.

앞이 탁 트여 저 멀리 보이는 고즈넉한 산새가 풍광을 이루고요. 날씨도 화창하고 햇볕이 따사로워 친구의 무덤 주위는 아늑했습니다.

상석 위에는 그녀의 남편이 준비해 온 음식들을 거하게 차려 놓고는 큰아들, 작은아들, 며느리들, 손녀들···. 가족들이 제를 올립니다. 그 뒤에 우리도 먼저 간 친구 앞에서 제를 올리며 기도해 주었습니다.

가는 날까지도 묵묵히 웃어 주던 친구는, 인상 한번 쓰지도 않고 병에 대한 원망도 없이 그녀만의 믿음으로 주어진 생을 받아들였습니다.

친구들의 모임에서도, 응급실에서도, 중환자실에서도

"나 괜찮아~!"

하며 힘없는 미소를 보여 주었던 그 모습이 아직도 눈에 선합니다. 제를 올리면서 저와 데레사는 말했습니다.

"봉심아, 우리보다 먼저 갔으니, 하늘에 우리 자리 맡아 놓고 기다리고 있어."

"그래, 레지나야~ 편하게 잘 있어."

마지막 절까지 하고는 옆자리의 넓은 곳에 자리를 깔고 앉아서 봉심이를 위해 마련한 음식을 먹으며, 지나간 일들을 얘기하면서 봉심이의 생을 되새김해 보았습니다.

평생 싸움 한번 안 하고 살았다는 부부 금실이 찰떡같아, 지금까지도 그녀를 못 잊어 주일마다 찾아와 봉심이를 어루만져 주면서 하는 말이 제 가슴에 스며듭니다.

"이 사람아, 칠십까지만 살다 가도 좋을 것을….."

그녀의 남편이 안타까워하는 사랑의 애절함이었습니다.

'그래, 봉심아! 오 년만 더 살면 칠십인데 그새를 못 참고 갔으니 착한 네 남편을 두고 가는 네 마음도 참으로 애달프겠지. 자식들 보다는 너를 의지 하고 살아온 네 남편은, 아직도 너를 향한 마음을 놓지 못하고 계시는구나.

넌 행복한 친구였어! 가는 날까지 남편의 사랑을 듬뿍 받으며 살았으니 말이야. 저승에 있어도 남편의 극진한 사랑이 너를 감싸고 있어 외롭지 않고 행복할 거야.

봉심아! 네게 다녀온 오늘은 내 마음도 편안하고, 평온한 네 모습 그려 보니 네 행복이 나의 행복처럼 느껴지는구나. 우리 친구들은 남편들을 잘 만난 것도 행복이었어.

우리가 삼십 대 초반에 견진 받으면서 하느님 손바닥 안에서 친구 되어 삼십 년 지기로 만나 오다가 세실리아 보내고 소피아 보냈는데 이젠 너마저 보냈구나.

재밌게 즐겁게 싸움 한번 안 하고 토닥거림도 없이 잘 지내온 친구들이었는데 아쉬운 이별 속에서 그리움으로 남는구나! 하늘에 먼저 간 세실리아와 소피아 만나서 잘 지내고 있으렴. 오늘 만나서 반가웠어. 봉심아~!'

행복하게
꽃마차 타고

우리 가족들이 추석 성묘를 하고 내려오는 길목에서, 좁은 계단을 오르고 구불거리는 언덕을 올라가다가 옆으로 꺾어지면 봉심이의 묘가 깔끔하게 정돈되어 있습니다.

지난 한식에는 아들 대중이와 둘이 올라가서 제 아들의 절을 받는데, 올 추석엔 제 며느리를 데리고 올라가서 기도해 주었습니다.

지금도 주일마다 그녀의 남편은 주말을 한 번도 거르지 않고 봉심이에게 다녀왔답니다. 평생 싸워 보지 않았다는 금실 좋은 부부의 정이 엿보입니다.

'칠십까지만 살고 갔으면 좋았을 텐데….'

하고 그녀의 남편은 아쉬워하며 애달파했었지요. 지금도

언제나 제사도 차례도 손수 준비해서 지내는 남편의 정성을, 봉심이는 분명히 알겁니다.

아직까지 봉심이가 남편의 꿈속에 나타나지 않았다는 걸 보면, 봉심이는 하느님 나라 좋은 곳에서 친구들 만나 잘 있나 봅니다. 남편의 사랑을 듬뿍 먹은 레지나는, 세상 떠난 이후에도 남편의 손길에서 행복하게 꽃가마 타고 다닐 거라 생각됩니다.

비가 들이치지 않도록 유리관 속의 성모님이 지켜 주시는 뫼는, 그녀의 남편 손길이 닿아 정성스런 아름다운 꽃밭이 되어 있습니다.

'행복한 레지나야, 네 뜰이 정갈한 걸 보니 네 남편 방자님이 열심히 다녀가시는 모양이구나. 한식 땐 내 아들과 왔었는데, 오늘은 내 며느리와 다녀간다. 나중에 또 올게!'

〈다이하드〉와
499,000원

오늘은 여고 친구들과의 모임이 있는 날입니다. 왕십리역 CGV에서 만나 영화를 보기로 했습니다.

친구들 네 명은 〈7번방의 선물〉을 할인해서 육천 원에 보기로 했습니다. 저는 혼자 〈다이하드〉를 보기로 했는데, 〈다이하드〉는 아이맥스관이라 할인도 안 되고 가격이 비싸네요. 만이천 원… 헐!

표를 먼저 구입하고는 점심을 먹으면서 친구들에게 좀 미안했습니다만, 저는 이미 며칠 전에 〈7번방의 선물〉을 본 터라 어쩔 수 없었음을 인정해 주었으니 좋은 친구들이죠. 친구들은 저보다 삼십 분이나 앞서 들어갔기에 혼자 남은 저는 비싼 영화를 기대하며 밖에서 좀 기다리다가 드디어 시간이 되어 들어갔습니다. 예전에 나왔던 〈다이하드〉의 시리즈도 모두 본 영화들이라 오늘의 영화도 기대치가 아주 컸습니다.

평일이라 극장 안은 텅텅 비었지만, 제 주위로 좋은 몇 자리만 채워진 가운데 영화는 시작되었습니다. 화면이 어찌나 큰지 꽉 찬 화면에 웅장한 소리와 함께 시작된 영화는 긴장을 늦출 수 없어 식후의 졸음이 오다가도 싹 달아나 버렸습니다.

얼마 전 〈7번방의 선물〉을 볼 땐 여기저기 관객들 모두가 웃다가 훌쩍거리면서 잔잔하게 가슴으로 찐한 감동을 받았습니다.

반면에 휴가 때마다 사건이 벌어지는 〈다이하드〉는 이번에도 휴가 중인 아버지가 우연히 아들의 일에 얽히게 되어 쫓고 쫓기는 숨 막히는 스릴이 있는 영화였습니다. 그래서 진정한 의미를 생각할 겨를도 없이 부자간이 함께하는 활약으로 엄청난 사건을 해결하는 스펙터클한 영화였습니다.

정신없이 본 영화의 여운이 가시기도 전에 친구들이 많이 기다리겠다 싶어 끝나자마자 부지런히 걸어 나오는데, 뒤에서 친구들 목소리가 들려옵니다.

오잉? 다행히 동 시간에 같이 끝났네요.

공용식당으로 들어가 앉은 우리는 겨울철 일이월에 캄보디아 가기로 했던 여행을 날짜가 안 맞아 못 갔으니, 또다시 여행지 이야기로 노닥거립니다. 일본으로 캄보디아로 중국으로 실속 없이 떠드는 말 여행만 실컷 하다가 개운한 냉면 한 그릇씩 시켜 먹어도 결정이 안 났습니다.

하는 수 없이 다음 겨울에 다시 잡자며 나오다가 '홍콩 여행 삼박사일 499,000원'이 눈에 확 들어왔습니다. 그러고 보니 여행사 앞이었습니다.

"우리 여기 가자~ 삼월 달? 다음 달이니 날짜도 딱 좋네."

말 나온 김에 들어가 상담을 했더니, 여행 중에 마지막 일박 한나절은 자유 시간을 준다고 하네요. 우리에겐 쇼핑할 자유시간이 필요 없기에 아까운 시간 일박 한나절을 마카오 여행 일정으로 추가하니 할증료까지 포함하여 칠십육만 원에 드디어 낙찰.

"홍콩은 쓰나미도 지진도 총성도 없는 곳이지요?"

제가 물었습니다. 요즘 뉴스를 보면 나라마다 어지럽기에 괜한 걱정이 들었습니다. 아직은 더 살아야 할 나이라서!

친구들과 합의하에 즉석에서 예약해 놓고는 집으로 신나게 고고! 이제야 우리 모두는 통쾌하게 즉석에서 한 건 했습니다. 이렇게 여고 친구들끼리 우정으로 모이는 시간은 언제나 즐겁습니다.

다행히 제 며느리는 사월 달부터 회사에 나가기로 연장해

놓았다기에 나의 자유를 만끽할 수 있는 이 시간 감사하며 '오 예스!'

즉석에서 만장일치로 잡은 여행을 신나게 콜할 수 있었답니다. 그런데 가족들에게 미안해서 여행 간다는 얘기를 어떻게 해야 할까요?

'아들딸들아, 나 여행 간다~ 용돈 좀 줄 거지?'

세민 아빠,
감사합니다

오늘 아침에 늦잠을 자고 있는데 핸드폰의 벨이 울리기에 받아 보니 세민이 아빠셨습니다. 저에게 있어 늘 반가우신 분이십니다. 낼모래가 남편의 기일이라 어김없이 이삼 일 전쯤이면 잊지 않고 전화를 주시는 남편의 절친입니다.

일찍 친구를 잃어 마음이 아픈 분이시기에 기일이 가까워 오면 이렇게 늘 가슴에 새겨 잊지 않고 기억하시며 신경 쓰셔서 전화 주시는 세민이 아빠께 너무나 감사할 따름입니다. 안부를 못 드렸지만 저를 걱정해 주시는 형님도 잘 계시리라 믿습니다.

그러고 보니 남편이 세상을 떠난 지도 올해로 13년차 되었네요. 남편의 기일이 가까워 오고 있다는 것을 알다가도 순간 잠시 잊고 있을 때, 세민이 아빠의 전화를 받거나 바오로 신부님의 전화를 받고서 아차 하며 깨어날 때도 종종 있었습니다.

많은 이들에게 사랑을 남기고 간 사람이라 이때가 되면 늘 그리워들 하고 있습니다. 남편과 함께 사목위원을 하셨던 분들은 우리도 모르게 산소에도 다녀오시고 그분들이 심어 놓은 두 그루의 나무도 고인의 앞에서 무럭무럭 풍성하게 잘 자라고 있습니다.

아주 오래전 이십 년쯤 되었을까요? 남편이 이유 없이 아팠을 때, 우리 부부의 불화도 잦아졌습니다. 그때 기도한 것이 다시 일어나게 해 주시면 주님의 종이 되겠다는 저의 맹세였습니다.

남편은 좋아지면서 약속대로 저는 본당이나 교구에서 주님의 봉사자의 길로 들어섰습니다. 남편은 이미 본당의 사목위원장으로 있었지만 저의 맹세를 지켜 주기 위해서 새로 부임해 오신 최 신부님께서 내민 손을 덥석 잡아 총회장직을 임명받아 성당을 사년이나 지켜 오면서 다음 클레멘스 신부님 맞아 일 년을 더 할 때까지 하느님의 충실한 종으로 주님과의 약속을 잘 지켜 냈습니다.

종으로써 모든 임무를 잘 완수하고, 미사 다니면서 유종의 미를 잘 거둔 남편이 사목위원직에서 물러나 쉬고 있었을 때였습니다. 어느 날 갑자기 병명도 없이 쓰러져 큰 병원을 찾아갔으나, 별안간 그날로 눈을 감게 되었던 그 모습을 세민이 아빠는 직접 오셔서 보셨습니다.

아마도 그때의 모습이 눈에 선하시기 때문에 지금까지 잊지 않고 전화를 주셨을 겁니다. 미망인과 어린 것들이 잘 지내고 있는 모습도 알고 싶으실 거고요. 그때 어렸던 아이들이 지금은 다 커서 시집도 가고 장가도 가서 손녀들을 안겨 주어 이제 저는 다섯 아이들의 할미가 되어 있답니다. 강산도 변한다는 십삼 년 세월!

매일 만났던 남편의 기억도 이제는 희석되어서 희미해졌으나 기일이면 가족들과 모여 옛이야기 나누면서 고인의 기억을 되살려 봅니다.

하늘에서도 하느님의 종이 되었을지 모르는 당신이지만,

"여보! 낼모레 봅시다."

내 친구
숙영이

"숙영아!"

숙영이는 여고 동창입니다. 여고 시절 일 학년부터 지금까지 사십육 년을 이어 온 절친입니다.

그런 친구는 지금 파킨스 병과 싸우고 있는 중이라 많이 고생하고 있답니다. 고개를 돌릴 줄도, 숙일 줄도 몰라 넘어지고 부딪쳐 다치고 있습니다.

남편의 손길이 아니면 혼자서는 전혀 움직일 수가 없습니다. 남편의 진심 어린 사랑으로 숙영이가 다니며 부딪칠 수 있는 모서리들을 모두 둥그렇게 감싸 놓았습니다.

몇 달 전 여름에 만나러 갔을 때만 해도 그런대로 남편 손잡고 밖으로 나가 일산 호수 공원을 거닐었다는데, 지금은 그나마도 나갈 수도 없는 상황이 되어 버렸답니다.

오늘은 숙영이가 보고 싶어서 친구들과 함께 집으로 찾아갔습니다. 그런데 병세가 더 심해져서 옷도 입혀 줘야 하고, 목욕도 시켜 줘야 하고, 화장실 가는 것도 잊어버려 잘 챙기지 않으면 안 될 정도로 나빠졌다고 합니다.

정말 마음 아프네요. 눈동자를 굴리지 못해 누구와도 눈을 맞추지 못하고 보지 못하여 허공만 바라보는 모습에 안타까움이 몰려왔습니다.

우리 친구들 이름 아느냐고 물었더니 그래도 잊지 않고 모두 얘기합니다. 힘들게 얼굴 하나하나를 보면서 영자, 옥성이, 강순이, 화자, 복희…. 오랜 친구들을 알아봐 줘서 너무 기뻤어요.

우리들은 숙영이와 함께 핸드폰으로 인증 샷도 찍었습니다. 친구는 우리를 만났다고 좋다며 빙그레 웃기까지 했습니다. 숙영이가 이렇게 웃어본 것이 아주 오랜만이라고 한나 아빠가 말해 주었습니다.

검정 교복 입은 단발머리 친구를 잊지 않았으니 참 고마웠습니다. 그러나 그녀의 모습을 보고 우리 모두는 마음이 너무 아파 왔습니다. 우리 친구 중에 제일 똘똘하고 당찼던 친구였기 때문입니다.

아내도 돌봐야 하고 몸이 불편한 딸 한나도 사랑으로 보듬고 계시는 한나 아빠의 모습에 숙연해집니다. 이제 숙영이는 밥을 제대로 삼키지 못하고 있답니다. 그나마도 못 먹게 되면 옆구리를 뚫어서 호수를 끼워야 하는 상황이 온다고 하네요.

이해도 못 하고 말도 하지 못하는 친구는 우리가 옆에 있어도 아무것도 모르고 허공만 바라보고 있습니다. 파킨슨병으로 뇌의 인지 능력이 떨어지면서 친구는 불꽃처럼 점점 사그라들고 있습니다.

작년쯤 정신이 있었을 땐, 어느 목사님이 병환 중에 계셨을 때 줄기세포로 일어난 것을 보고 한나 아빠는 아내에게도 줄기세포 치료를 받게 하고 있습니다. 줄기세포는 우리나라 병원에서 추출하지만 줄기세포를 맞으려면 비행기를 타고 중국으로 날아가서 맞고 온다고 하네요.

아무것도 모르는 환자를 데리고 갔다 온다는 것이 큰 무리겠지요. 그렇지만 애들 엄마이자 아내를 살려 보겠다는 남편의 의지로 꿋꿋하게 담당하고 있습니다.

비용도 많이 들지만 보지도 걷지도 못하는 환자를 데리고 갔다 온다고 생각하니, 한나 아빠의 열정에 눈물이 앞을 가려 옵니다. 아직 몇 번 더 맞을 게 남아 있어 중국을 더 넘나들어야 한다는데….

호전될 희망이 있어야 할 숙영이의 병은 차도가 없고 더 나빠지기만 한다면서, 크지도 않은 체구에 바싹 마른 한나 아빠는 걱정이 태산이었습니다.

아픈 가슴을 안고 친구의 집을 나온 우리는 안타까움에 먹먹했습니다. 이제 우리 나이도 젊음에서 서서히 점점 멀어져 가고 있습니다. 젊음의 열정이 안갯속에서 아련하게 흩어져 가고 있음을 느끼고 있지만, 그래도 우리에겐 너무 이르다고 생각 듭니다.

육십 중반의 아내를 케어 하면서 서른 중반의 딸을 보살피면서 언제나 성경을 읽으시며 기도하고 계시는 한나 아빠를, 우리들은 존경합니다.

이 두 여인을 사랑으로 바라보면서 남편이며 아빠로서 한 남자의 삶의 시간들이 참으로 안타까움으로 다가왔습니다. 숙영이와 한나도 딱하지만, 아내와 딸을 돌보고 있는 한나 아빠가 쓰러질까 봐 더 걱정스럽습니다.

'한나 아빠, 힘내세요! 그 옛날 젊은 시절 한나 아빠가 아프셨을 때, 숙영이가 불평 없이 온전히 남편 뒷바라지해 주던 때를 기억하셔서, 힘드시겠지만 숙영이를 지금처럼 사랑으로 잘 돌봐 주세요.

하느님을 믿고 계시니까 성경을 읽으시면서 하느님께 힘을 받으시어 아내인 숙영이를 사랑으로 보듬어 안아 주기를 바랍니다. 저희들은 아무 도움도 못 드리지만 한나 아빠의 건강을 위해 기도하겠습니다.'

내 친구에게
띄우는 편지

착한 숙영아!

오늘은 왠지 네 생각이 한없이 나는구나. 이제는 요양원에서 나와 요양병원에 누워 있어야 하는 안타까운 너의 모습 참으로 볼 용기가 없구나.

봄철만 해도 요양원에 누워 있을 땐 말은 못해도 듣기는 했었지. 눈을 뜨지 못하고 감고 있을 땐 억지로 눈꺼풀을 올려 바라보게 해 주었던 너의 모습을 봤을 때, 정말 속상했었고 마음 아팠었어.

그렇게라도 살아 있어 준 네게 고마워하는 지영 아빠를 보면서 눈물이 앞을 가렸었지. 그러면서 이젠 요양병원으로 가야겠다는 말을 하면서 지영 아빠 눈에도 눈물이 서렸어. 그나마도 이제는 아무것도 모른 채 요양병원에 초췌하게 누워 있을 너의 자그마한 모습을 상상만으로도 내 마음을 울려 주는 구나.

교복 입고 삼각지에서 한강다리를 건너서 노닥거리며 깔깔대며 노량진까지 걸어 다녔던 우리들의 발랄했던 학창 시절에 만나 지금껏 탈 없이 잘 살아왔건만, 이제 겨우 육십이 넘어 아직 살날이 많이 남았는데 왜 벌써 자리에 누운 거니!

그동안 네 몸이 나빠지고 있었던 것도 모르고 가정에만 충실했던 너였는데…

정말 속상하다. 네 옆에서 네가 꺼질까 봐 노심초사하고 있는 지영 아빠의 지극 정성껏 보살피는 사랑으로 이제 그만 깨어나면 좋겠건만… 안 되겠니?

가 보자 가 봐야지 하면서도 너의 모습 보기가 안타깝고 지영 아빠에게 미안하고 너를 보면 울 것 같아서 서운하겠지만 우리 절친들은 네게 가는 시간을 멈춰 버렸단다. 전화를 하게 되면 금방이라도 울 것 같아서 며칠 전에 지영 아빠에게 메시지를 넣었단다.

'마음이 아파 얼굴도 못 보겠고 전화도 드릴 수가 없네요. 마음으로 사랑하는 친구 가정을 위해 기도합니다.'

지영 아빠는 내 메시지에 '감사합니다. 기도 꼭 부탁합니다.'라는 답을 주셨는데 '꼭'이라는 단어에 정말 눈물이 났단다. 이렇게라도 하는 것이 못 가 보는 나의 마음을 달랠 수 있는 한 방편이었지만, 지영 아빠에겐 크나큰 슬픔이었을 거야.

친구야, 세상일 다 잊고 편한 길 찾아가렴. 아직도 세상일에 미련이 남은 거니? 아님 가족들 때문에 못 떠나는 거니? 아님 지영 아빠의 정성 어린 사랑 때문에 못 가는 거니? 네가 지영 아빠의 손을 떨치고 가 보렴.

찬란히 빛나는 저 태양을 향해 하느님 나라로 가서 네 가족들의 평안을 지켜 주렴. 일어나 걷는다는 희망은 없으나 하늘나라로 갈 수 있는 희망은 있을 것 같기에 너를 포근한 하느님 품 안으로 보내려는 마음으로 위로해 본단다.

아가,
아빠 여기 있어

우리들 나이가 벌써 육십이 넘은 중반이 되었지만 아직도 여고 시절에 불렀던 이름이 정겹고 가슴 떨리게 하는구나. '지영이 엄마야'보다도 '숙영아' 하고 부르는 게 더 좋아.

너를 보고자 새싹이 움터 오는 새봄 삼월에 우리 친구들이 너를 찾아갔잖아. 약동하는 새봄에 네 모습도 생기가 있지 않을까 하는 기대를 걸어보면서 말이야.

그런데 요양원에서 상태가 안 좋아져 요양병원으로 옮긴 네 모습에 '어떡하니', '어쩜 좋니'라는 말뿐 다른 말을 할 수가 없었단다.

너를 돌보시는 지영 아빠의 정성 어린 모습에 '세상에 이런 사랑이 있다니.' 친구인 우리에게 네 이야기를 들려주면서 눈시울을 적시는 모습에서 하느님을 믿는 분이셨기에 가능하지 않았을까 생각해 본다. 너의 자그마한 무언의 행동에서도 무엇을 원하는지를 알고 계시네.

"아가, 아빠 여기 있어. 숙영아, 아빠가 도와줄게."

귀에 대고 속삭이며 다독거리는 지영 아빠 모습에서 선한 예수님의 사랑이 풍겨져 나옴을 보았단다.

숙영아, 너는 정말 행복한 시간을 보내고 있지만, 보고 있는 이들의 마음은 아프단다. 하물며 우리 눈에 보이는 지영 아빠의 애절하고 절절한 마음은 얼마나 간절하고 애달플까? 너의 고사리 같은 손을 꼭 잡고 계시는구나.

친구들 온다고 감았던 눈을 뜨고 우리를 기다렸다는 소리에, 너를 본 우리들은 가슴으로 울었단다. 작은 할머니가 되어 버린 너의 모습에 눈물이 앞을 가리는구나.

아직도 절반이나 남아 있는 줄기세포가 너를 기다리고 있다는데…. 줄기세포는 너의 희망이었잖니.

숙영아, 마음 아픈 얘기지만 이 세상에 미련 두지 말고 지영 아빠의 손을 놔 주면 안 되겠니? 지영 아빠는 네 손을 놓지 못하고 계시지만, 네가 지영아빠의 손을 놔 드려야 할 것 같아. 이러는 우리들의 가슴도 저며 온다.

사랑하는 숙영아~!

숙영이는
응급실에

네게 다녀온 지 한 달이나 되었을까?

거실에서 성경 쓰기를 하고 있는데 '띠릉!' 자정이 다 되어서 정심 언니의 메시지를 받았단다.

'옥성아, 숙영이가 응급실에 와 있단다. 친한 친구니까 미리 와서 한번 봐야 되지 않을까 해서 메시지 보낸다.'

그 밤중에 정심이 언니와 통화를 하고 나서 늦은 시간인 줄 알지만 친구들에게 메시지를 보냈지. 혼자만 알고 있기엔 너무 벅찬 슬픔이기에 빨리 친구들과 공유하고 싶었거든.

다음 날 시간 되는 친구들 영자와 승숙이와 화숙이를 만나서 응급실을 찾아갔는데, 침실에 혼자 누워 있는 네 모습에 너무 놀라 하마터면 '훅!' 숨이 멎을 뻔했단다.

초췌해진 너의 모습, 눈도 못 뜨고 옆으로 오그리고 있는 모습, 작은 할머니가 되어 버린 너의 모습은 내 친구 숙영이의 모습이 전혀 아니었어.

지난달에 와서 봤을 때만 해도 이렇지 않았는데 웬일이니? 아직 절반이나 남아 있는 줄기세포도 다 맞지 못했는데… 지영이 아빠가 고생고생하며 네게 쏟은 정성은 어찌하라고….

지영이 아빠가 우리를 보시더니 지난달에 오셨는데 어떻게 왔냐며 놀라시는구나. 정심이 언니가 연락을 해 줘서 왔다고 하니 반가워하시네.

지금도 지영이 아빠는 네 몸에 등창이 날까 봐 부채질을 해 주시는데…. 다리가 구부러질까 봐 살살 주무르며 펴 주고 있는데…. 아가라 부르며 귓속말을 속삭여 너를 위로해 주고 있는데…. 지켜보는 마음이 짠하구나!

한나가 엄마를 보더니, 우리 엄마 아니라며 가 버렸다는 얘기에 한나로선 그럴 수밖에 없음을 우리 모두 공감하면서 눈시울을 적셨단다.

숙영아, 이제야 네가 남편의 손을 놓아주었구나.

내 깨알 친구 숙영아, 예수님께 기도드리면서 너를 봉헌했단다. 아마도 성모님께서 너를 품에 안고 가 주실 거야.

친구야 사랑한다!

노래가
꽃길 되어

마음이 아파 잊어버리려고 하다가 한숨 돌린 후 이제야 이 글을 써 봅니다.

결국 제 친구 숙영이는 육십오 세로 하느님 품 안으로 갔습니다. 자그마한 체구로 당차게 살던 그녀였는데 뭐가 바쁜지 우리보다 앞서 떠나갔습니다. 이제부터 인생의 재미를 느낄 나이인데 친구는 속절없이 가 버렸답니다.

칠년이라는 세월을 집에서 요양원에서 요양병원에서 남편의 정성스런 뒷바라지로 살았습니다.

"애들 걱정하지 마. 내가 잘 돌볼게."

그 소리에 스르르 남편의 손을 놓아주었답니다.

교회를 다니던 그녀는 교회식으로 장례 절차를 밟아 벽제를 거쳐 깊은 산속 소망교회 연령 탑에 납골로 뿌려졌습니다.

목사님의 말씀과 성가대들의 노래가 꽃길 되어 친구는 따라 갔네요. 목사님의 예배로 추모식을 마치고 다들 내려간 뒤에 우리 친구들은 그 탑을 돌면서 예쁜 자갈 사이사이에서 가족들에 의해 하얀 가루로 뿌려진 그녀의 흔적을 다시 한 번 살펴보았습니다.

비가 오면 땅속으로 스며들게 되어 있습니다. 바람이 불면 어디론가 훌훌 날아 남아 있는 삶의 시간을 찾아 자유로이 산천을 맘껏 돌아다닐 겁니다. 한 줌의 재가 되어 흙으로 되돌아간 친구는 이제 우리 곁에 없습니다.

병원에서 그녀의 힘든 몰골을 봤을 땐, 이제 그만 남편의 손을 놓고 떠나가기를 바랐던 마음들이었지만, 막상 떠나가고 나니 먹먹한 아쉬움에 모두들 가슴 아파했습니다.

이팔청춘 열여섯 여고 시절부터 깨알처럼 붙어 다니며, 깨알같이 떠들고, 깨알 같은 사연을 만들며 지낸 깨알 친구 숙영이는 이제 없습니다. 그립고 보고 싶어도 볼 수 없네요.

'단발머리 학창 시절의 내 친구 숙영아!

한나 아빠가 한나를 잘 돌볼 테니 걱정하지 말고 하늘에서나마 네가 잘 지켜 주렴! 너의 사랑이 가족들 마음 안에 스며들었을 거야. 우리 친구들 마음에 네가 스며 있듯이 말이야.'

시원하게
보내자

오늘 칠월의 마지막 월요일은 친구들 만나는 날입니다. 찜통같이 더운 날씨에 무엇을 할까 궁리 끝에 어제 밤늦은 시간에 오늘 만날 친구에게 메시지를 보냈습니다.

"날씨도 더우니 시원한 영화관에서 영화 보고, 시원한 식당에서 밥 먹고, 시원한 커피숍에서 차 한잔하면서 보내자."

"오케이!"

우리 세 명은 주로 돈암동 근처에서 밥 먹고 나면 성북구청 옥상 카페독서실에서 천 원짜리 커피 한 잔씩 사 들고 하늘 정원으로 나가 커피 마시면서 노닥거리는 시간을 보냈었습니다.

그런데 너무나 더운 날씨 탓에 구청하늘정원은 더우니 좀 비싸더라도 성신여대입구 로데오거리 안에 있는 커피숍에서 수다를 떨기로 했습니다.

약속대로 시원한 영화관에서 오전 열 시에 시작하는 영화 〈부산행〉을 보는데 징그러우면서 깜짝 놀라는 장면에 몸이 오싹합니다. 생각도 하기 싫은 좀비들이었습니다.

영화가 끝난 후 나와서 엘리베이터를 탔는데, 주위에 있는 사람들이 갑자기 좀비로 변해 달려들 거 같아 쭈뼛해집니다. 시원하려고 영화관에 간 건데, 마음은 영 찜찜합니다.

시원한 식당에 앉아서 고기 냉면을 먹는데도 영화 속 좀비들이 아른거려 아직도 가시지 않은 여운에 냉면 먹는 내내 속이 거북스럽습니다. 이런 영화는 안 보려 했다가도 궁금하여 보게 되지만, 역시나 뒤끝은 개운치 않아 빨리 찜찜한 후유증에서 벗어나고 싶었습니다.

몹쓸 아비규환의 좀비들 모습이 아른거려 자유롭고 맑았던 제 영혼을 계속 어지럽히고 있네요.

그래서 달려드는 좀비 생각 안하려고 마지막 엔딩을 생각합니다. 아빠 덕분에 살아남은 딸과 임산부는 막혀버린 철로 길을 걸어가는데, 이미 아수라장이 된 부산의 어두운 터널 저편에서는 다가오는 사람을 보고 군인들이 총을 겨냥하여 쏘려다가, 죽은 아빠를 위해 노래 부르는 딸 때문에 드디어 구출되는 감동적인 모습을 그려 보았습니다.

그러자 어쩜, 오그라졌던 몸이 그제야 풀리며 긴장했던 마음도 놓였습니다.

냉면을 다 먹고, 돈암동 로데오 거리 안에 있는 커피숍 자동문을 누르고 들어갑니다. 제가 먼저 들어서고 난 뒤 무심코 뒤따라 들어오려던 친구는 앞에서 자동문이 저절로 닫히는 바람에 '어맛!' 하며 소리를 칩니다. 자동문이 닫히는 순간, 좀비들과 여닫는 문 사이에서 아비규환의 사투를 벌이던 장면이 떠올라 깜짝 놀랐다고 합니다. ㅋㅋ

차가운 빙수로 몸 안의 열을 식히며 노닥거리는 이 시간 동안 속의 니글거림을 없애며 우리 나름대로 행복을 추구해 봅니다. 어쨌든 나이 먹어 가면서 주름살 늘어 가는 것은 안타깝지만, 실버 값으로 영화관을 자주 이용할 수 있다는 것은 신나는 일이지요.

친구들과 헤어져 집에 와서 얼음냉수를 마시며 더위와 싸웁니다. 오래된 에어컨은 차단기가 떨어져 켤 수가 없습니다. 샤워를 하고 선풍기에 의존해도 더위에 눌려 허우적거리고 있습니다.

'어구어구, 더워라~!'

제가 더위 먹은 좀비가 된 느낌이랍니다. 오늘 오후는 이래저래 좀비로 인해 좀 시달릴 것 같습니다.

낙산성곽
이화마을

이화마을이란 곳을 가 보기로 하고 카타리나 자매와 혜화역에서 만나 이화마을을 물으며 언덕을 걸어갑니다.

아침부터 보슬비가 내리고 있습니다. 대학로 뒷길엔 식당도 많지만 연극하는 소극장이 즐비합니다. 이렇게 많은 소극장이 있어도 별로 갈 일이 없었네요. 많이 내리는 비는 아니지만 우산을 쓰고 언덕을 오르며 운치 있는 이화마을 골목을 지나게 됩니다.

얼마 전까지만 해도 이화마을의 담벼락에는 갖가지 다양한 그림 벽화로 유명하여 높은 계단은 파란 물속이 되어 붉은 잉어들이 노닐고 있었답니다. 또 다른 계단엔 해바라기 꽃이 활짝 피었다는데, 뒤늦게 간 우리는 다 지워진 벽에서 몇 군데 남아 있는 꽃을 보며 그나마 아쉬움에 사진을 담아 봅니다.

　이곳에 벽화 그림들이 많이 있었을 때라면 아마도 유럽풍의 마을을 연상하게 됐을 테지요. 그래서 관광객들의 명소지로 많이들 드나들었나 봅니다. 동네 주민들은 시끄럽고 소란스럽고 쓰레기도 많이 나와서 작가들의 벽화들을 모두 지워 버리고 계단의 그림도 없애 버렸다 하네요.

　관광하는 이들은 신기하고 좋아서 재잘재잘대며 즐거움에 사진을 찍어 댔겠지만, 마을 사람들에게는 소음과 불편함으로 다가왔을 테니 이해가 갑니다.

　걷다 보니 집 안의 창문을 이용해서 물건을 파는 상점도 보입니다. 이화마을을 따라 언덕에 오르니 낙산성곽이 나왔습니다. 낙산성곽을 올라가 전망대에서 내려다보니 날씨가 흐려서 혜화마을이 온통 뿌옇게 실루엣으로 보입니다.

　공원 안에 운동기구들이 비에 젖어 휑하니 을씨년스럽습니다. 이런 곳에 성곽이 있고 숨 쉬는 공원이 있기에 우리도 잠시 쉬었다 갑니다. 올라온 길 반대편의 예쁜 오솔길을 따라 내려갔더니 처음에 길 물어보던 곳이 나왔습니다.

　어느덧 이슬처럼 내리던 비도 그쳤습니다. 시장기가 돌아 식당을 돌아보니 깔끔해 보이는 이층에 함박스테이크 간판이 보입니다. 아직 열두 시 전이라 식사가 되는지 물어보고는 한

가로운 식당 안을 들어서며 첫 손님으로 창가에 앉았습니다.

아, 창밖을 내다보니 우산 접은 사람들이 삼삼오오 웃으며 지나갑니다.

조용하고 여유로움을 만끽하며 함박스테이크 양식을 먹는 즐거움을 누리고 후식으로 커피까지 음미합니다.

못 나온 사람들 보라고 정답게 찍은 사진을 마술 팀 카톡에 올립니다. 카타리나와 함께, 둘만의 오붓한 시간을 보냈습니다. 혜화역 지하철 안에서 각자의 출입구 앞에서 손 흔들며 헤어졌답니다.

카티리니는 천성이 여성스러워 말도 조곤조곤, 행동도 나긋나긋하게 이야기도 잘 풀어 갑니다. 반면에 저는 덜렁대어 말이나 행동이 조곤조곤 나긋나긋하지 못하여 카타리나와는 대조적인 반대의 성격으로 급하답니다.

다른 쌤들은 나오지 않았지만, 우리 둘만의 시간은 보슬비 낭만으로 잔잔한 즐거운 칠월의 시간을 보냈습니다.

내 인생의
동반자

친구들을 만나 시시덕거릴 때가 제일 신납니다. 얘기들 하고 있으면 누군가 중간에 끼어들어 남의 말을 막아 버립니다. 이쪽저쪽 두 패로 얘기가 막 나와 시끄럽습니다.

아름다웠던 소녀 시절 얘기부터 아롱이다롱이 자식들 키운 얘기로, 근심 걱정으로 시집장가 보내는 얘기로, 재롱둥이 귀요미 손주들 이야기로 꽃피우다가 어느새 삼식이 남편들 얘기로 넘어가는 씁쓸한 황혼이 되어 버렸습니다.

세월 따라 얘깃거리도 달라지더니 이제는 칠십이 가까워 오는 인생의 여로에서 우리들의 진짜 희로애락이 신랄하게 펼쳐집니다.

"각방 쓴 지 오래됐어."

"자식들 다 소용 없어. 죽을 때까지 자식들에게 재산 주면 안 돼. 재산 없으면 자식들한테 구박받아."

"아냐, 그래도 자식들 힘들 때 줘야 해. 나 쓸 만큼 남겨 놓고 주면 되지."

"나 아는 사람은 자식들한테 재산 다 주고 얹혀사는데 눈물 빼고 살아."

"우리 동네 엄마 한 분은 당신이 아픈 사이에 자식들이 요양원에 보내 놓고 엄마 집 팔아 나눠 가져서 갈 데가 없어 나오지도 못하고 있어."

어떤 게 옳다 그르다 할 수 없지만, 각자 나름의 생각으로 가슴 아픈 남 얘기를 들으며 결코 남의 일 같지 않다는 거지요. 이렇게 씁쓸한 얘기들이 오가다가 결론은 '남은 인생 즐겁고 재밌게 살자'로 끝난답니다. 한참 떠들고 나면 나름 속이 후련해지니 인생 뭐 별거 있나요?

자식과 남편의 속박에서 벗어나 홀가분하게 그동안 못 해본 여행 다니면서 인생 즐겨 보자고 한껏 떠들어 놓고는. 막상 날 잡으려면 이것저것 걸려서 실천이 잘 안 되는 게 우리네 인생이랍니다.

몸 비빌 수 있는 나의 반쪽은 이미 하늘에서 기다리고 있습니다. 인생의 동반자 없어 안타깝지만 자유로운 영혼의 인생으로 잘 살고 있습니다. 그래도 이렇게 매달 만나 함께 떠들 수 있는 친구들이 있기에 지금 제 인생의 동반자는 친구들이 랍니다.

문 닫힌 식당

코로나19로 인해 집에만 있다가 오랜만에 견진 친구 모임을 가졌습니다. 사람들 많이 오는 유명한 데 가지 말고 동네서 점심 먹자며 오솔길 지나 큰길을 걸어 내려갔습니다.

계절 바뀌는 줄도 모르고 집 안에 있다가 나왔더니 오솔길 내려가는 길엔 노란 산수유가 피었고 분홍 진달래꽃이 피어 있습니다. 지지난 주에 잠시 나왔을 때만 해도 춥더니만, 어느새 완연한 봄 날씨가 되어 이렇게 따뜻해졌는지 우리나라 사계절은 참 매력 있지요.

한정거장이라도 경전철을 타고 가도 되지만 밀폐 된 경전철보다는 안전한 길을 택하여 운동 삼아 걸으며 우리가 가려던 월남쌈촌을 갔습니다. 그런데 어라? 문이 굳게 닫혀 있네요.

문에는 '월요일은 정기 휴일입니다'라는 공지가 붙어 있습니다.

'엉? 오늘이 월요일인가?'

하고 핸드폰 열어 요일을 보니 분명 금요일이네요. 아마도 월요일부터 식당 문이 닫혀 있었나 봅니다. 집에만 있다 보니 이제는 날짜도 요일도 감각 없이 지나가고 있어 금요일인지 월요일인지 이렇게 멘붕이 올 때도 있네요.

어느 아주머니도 어제 전화했을 때는 문을 연다고 해서 왔더니 닫혀 있다며 휴대폰가게 앞에 앉아서 친구 기다리는 중이라 하시는데, 뉴스에서 보던 대로 동네 식당에도 큰 타격이 있었나 봅니다.

다시 발품을 팔아 길 건너 부대찌개식당으로 가면서 여기도 문 닫지 않았으려나 우려했더니, 종업원 없이 모녀가 하고 있어서 다행히 점심을 잘 먹을 수 있었습니다.

이야기 주제는 역시나 코로나로 시작해서 신천지까지 파고들어갔다가 '코로나는 언제 끝나려나?' 의문 속에 일어나 성당 옆 맥도날드로 가서 아메리카노를 시켜 마시면서 이야기보따리를 또 신나게 풀기 시작합니다. 우리들 이야기는 쓸데없는 얘기지만, 만나면 노가리 푸는 재미로 마냥 즐겁습니다.

'친구는 역시 좋은 것이여!'

우리성당 첫 번째 견진자로서 삼십 대 초반에 만나 한 곳에서 칠십을 넘기고 있으니 거의 사십 년 지기 친구들이라 지나간 추억거리가 무궁무진하답니다.

요즘은 성당도 문 닫은 상태라 만날 일이 없어 모임만 기다리고 있습니다. 집에서는 군내 나도록 입을 다물고 있다가 이렇게 한 달 만에 만난 친구들과 이야기를 나누며 회포를 풀었으니 속이 확 풀려 버렸습니다.

실컷 떠들다가 제가 코 알레르기로 재채기 한번 했더니, 우리 모두는 습관적으로 마스크를 꺼내 썼습니다. 그리고 별 볼일 없는 이야기에 열중하다 세 시쯤 되어 일어나면서 다음 달 만남을 약속하며 헤어졌습니다.

길 건너기 위해 성당 앞을 지나가면서 마당에 서 계시는 성모님께 소리쳐 인사드리며 지나갔습니다.

"성모님, 안녕하세요? 성당 오고 싶어요. 코로나 좀 없애 주세요."

마침 오늘은 전 세계적인 일치로 코로나19를 퇴치하도록 이탈리아 시간으론 어젯밤 9시, 우리나라 시간으론 오늘 새벽 5시에 빛의 신비를 바치라는 메시지가 들어와 있었습니다. 교황청에서 내려온 지시 사항이었습니다.

새벽엔 못 했지만 집에서 내려오면서 묵주기도 하며 제발 코로나19가 퇴치되기를 바라며 빛의 신비를 바쳤습니다.

'어차피 하는 봉사니 즐겁게 하자!'
식을 줄 모르는 저의 정열이
어디까지일지는 모르지만,
지금까지 한 일들은 예수님이 주신
달란트로 탁월한 선택이었습니다.

4부

/

나의 정열은 어디까지

멋진 인생

어떻게 살아야 멋진 인생이 될까요? 저도 멋지게 한번 살아 보고 싶습니다. 그런데 멋진 인생은 어떤 걸까요?

젊었을 때는 예쁘다는 소리도 들었습니다.

키는 크지도 작지도 않습니다.

못생기지는 않았습니다.

그렇다고 우아하지도 않습니다.

멋있게 꾸밀 줄도 모릅니다.

몸매가 에스라인도 아닙니다.

노래도 못하며 언변이 능숙하지도 않습니다.

매력이 썩 있는 것도 아닙니다.

이렇게 잘하는 게 없어서 멋있기는 틀렸습니다.

결국 생긴 대로 사는 수밖에 없겠네요.

저에게 주어진 일이나 열심히 하면서 살겠습니다.

오히려 그것이 제게 있어 최선의 멋진 인생 같습니다.

남들처럼 춤추며 즐기는 것?

남들처럼 노래 잘하며 즐기는 것?

남들처럼 등산 다니며 즐기는 것?

남들처럼 멋있게 술 마시며 즐기는 것?

인생을 즐겁게 지낸다는 것은 멋있지요.

그렇지만 그 어느 것도 제게는 낯선 일들이네요.

인생에서 멋을 찾는다는 것은 어렵습니다.

이러니 '내 멋은 있기나 한 걸까?' 궁금증만 더해 가는데

남의 말을 빌려 내 멋을 찾아보자면 다음과 같습니다.

* 언제나 밝고 활기찬 모습이 좋다.

* 남자 같은 여걸이다.

* 방실방실 웃는 모습이 선하다.

* 별명이 방실이었다.

* 씩씩해서 좋다.

* 편하다.

그런데 이런 이야기는 평범한 얘기들로 누구에게나 있는 일입니다. 저만의 오롯한 삶은 성당에서 레지오 단원이면서 미사해설과 제대 꽃꽂이와 늘푸른 노인대학 봉사를 열심히 하는 것입니다.

또 성당 밖에서는 예수님·성모님 사랑 안에서 다락방 기도를 열심히 하면서 즐겁게 봉사하고 있습니다. 이렇게 예수님 사업에 봉사할 때가 가장 기쁘고 행복합니다. 아마도 저의 멋은 열심히 봉사하는 일에 몰두하고 있을 때가 아닐까 생각해 봅니다.

저의 셋째올케는 저를 보고 긍정의 대가라고 합니다.

어느 누구든지 일할 때 가장 멋있어 보인다고 하지요. 저혼자만의 멋진 인생. 멋있는 사람을 외모로 따라가는 것이 아니지요. 예수님·성모님 품 안에서 저만의 멋진 인생 찾아 더힘차게 살아가는 긍정의 여인은 또 다른 멋진 인생에 도약해보렵니다.

어버이날 행사와
벼룩시장

어제는 도봉성당 수녀님께서 그 본당의 안나회 봉사자들에게 율동을 가르쳐 달라는 전화를 주셨습니다. 그 본당에서 어버이날 행사를 해야 하는데 율동이 필요하답니다.

우리도 수요일 노인대학 수업을 마치고 난 후엔 상반기 벼룩시장 바자회 준비를 해야 해서, 이리저리 살펴봐도 그쪽 봉사자들과 만날 날짜와 시간들이 맞춰지지 않네요.

'그래도 특별히 전화를 주셨는데 어떡하나….'

생각 끝에 우리 봉사자들에게 양해를 구하고는 오늘 벼룩시장 물건 정리하는 동안 잠시 짬을 내어 다녀오기로 했습니다.

부지런히 도봉성당을 찾아가서 여섯 명의 봉사자들에게 땀 흘려 가며 율동을 가르쳐 주니, 그들도 열심히 배우십니다.

담당 수녀님께서는 동영상을 찍으시는 열성까지 보이셨습니다. 금방 배운다고 해서 익혀지는 것은 아니기에 나머지는 동영상을 보며 연습하면서 몸에 익혀야겠지요.

바쁜 시간을 쪼개어 몇 작품 가르쳤으니 뿌듯한 보람이 있었습니다. 그렇게 한 시간 정도 연습하고 나서 우리 봉사자들 기다리는 성당으로 부지런히 달려왔습니다.

오늘의 물건 정리를 모두 끝낸 봉사자들 요안나와 글라라와 그라시아와 안나가 기다려 주고 있었으니 고마운 아우들입니다. 물건도 생각보다 많이 들어와서 정리하느라 고되긴 했지만, 벼룩시장은 그만큼 보람 있는 행사가 될 겁니다. 일이 많을수록 그 안에서 즐거움을 찾습니다.

벼룩시장은 봄가을로 두 번 개최합니다. 벼룩시장에서 나오는 전 수익금은 본당의 독거 어르신들을 위하여 겨울에 드실 수 있도록 김장김치를 해 드리는 데 사용되지요. 늘푸른대학 봉사자들만의 보람된 일이랍니다.

오늘도 희망으로 가득 찬 즐거운 하루였습니다.

딱한 사연에

좀 오래전에 생활성서 책에 실린 마음 아픈 글을 읽게 되었습니다.

젊은 부인은 몸이 굳어 가는 병으로 손가락 하나 움직이지 못하여 휠체어에 의지하며 살고 있었습니다. 아들은 초등학교를 다니고 있습니다. 남편은 전혀 움직이지 못하는 부인의 수발을 들어야 하므로 직장도 다니지 못하고 있다는 딱한 사연이었습니다.

제가 다니고 있는 성당 앞 건물에 있는 생활성서사는 수녀님들께서 운영하시는 출판사입니다. 서로 시간 나는 대로 일손을 도우러 다니는 성당 교우 중 한 사람인 저도 틈나는 대로 봉사하면서 읽어 보는 책들은 마음의 양식이 되어 주었습니다.

어느 날 제가, 어린 조카 명미와 명은이 둘이서 활짝 웃고 있는 모습을 카메라 사진으로 담았습니다. 어찌나 해맑게 웃었던지 너무 보기 좋았습니다.

생활성서 책에는 독자들이 보내온 다양한 사진의 모습을 담는 페이지가 있었습니다. 혹시나 하고 해맑게 웃은 이 사진도 실리기를 바라면서 그 사진을 생활성서사에 우편으로 보냈습니다.

그로부터 한두 달 뒤, 생활성서에서 책 한 권이 집으로 배달되었습니다. 얼른 펴서 사진이 실리는 안쪽을 찾아봤는데 사진이 없습니다.

'채택이 안 되었구나….'

살짝 실망하며 책을 덮는데 글쎄, 덮은 책 뒷면 겉표지에 해맑게 웃은 조카들의 얼굴이 커다랗게 한 면 전체에 실려 있는 게 아니겠어요?

며칠 후, 생활성서사에 일손 도우러 갔는데 수녀님께서

"자매님이 사진 보내셨지요?"

"네, 그런데 어떻게 아셨어요?"

"이름 보고 알았어요. 아이들 모습이 너무 해맑고 아름다워서 겉표지에 실었어요."

아하! 총기 있으신 수녀님들께서는 이름만 보시고도 전 줄을 알고 계셨습니다.

"근데 수녀님, 이 책을 읽다 보니 너무 마음 아픈 사연이 있던데, 그분의 계좌번호를 알려 주셨으면 좋겠어요. 많이는 아니지만 조금씩이라도 보내 드리고 싶어요."

"저희도 지금은 모르지만 취재하신 분께 물어봐 달라고 할게요."

"네, 그래 주세요. 읽으면서 너무 마음 아팠어요."

그다음 주에 일손 도우러 갔을 때, 수녀님께서 계좌번호를 알려 주셨습니다. 생활성서 책이 인연이 되어 그 달부터 십만원씩 매달 보내 드렸습니다.

생활에 보태거나 아이들 학비에 도움이 되기를 바라면서 기쁜 마음을 담아 익명으로 자동 이체해 드렸습니다. 그 가정에 조금이나마 도움이 되기를 바라는 마음이 간절했습니다.

그리고 몇 년 후 어느 날인가, 아마도 생활성서사를 통해 제 전화번호를 아셨는지 남편분께서 전화를 주셨습니다.

"인사도 못 드리고, 정말 고맙습니다."

라고 하시는데 오히려 전화 받은 제가 미안하여

"앞으로는 이렇게 전화하지 않으셔도 됩니다. 제가 힘닿는 데까지 많지는 않지만 보내 드리겠습니다."

그 후에도 몇 년을 보냈는지 지금은 기억이 없지만, 십 년 전 갑자기 제 남편이 하늘나라에 가고부터 정신 못 차리는 시련이 있었습니다. 저도 돈을 벌어야 하는 입장이라 그때부터 보내 드리지 못하게 되어 참 안타까웠습니다.

지금도 가끔 그분들 생각이 날 때면 미안한 마음 그지없습니다.

'그분들이 어떻게 살아가고 있을까? 부인은 아직도 그대로일까? 몸은 더 굳어지지 않았을까? 아이는 이미 커서 대학생이나 직장인일 수도 있겠구나.'

내가 좀 어렵더라도 계속 보내 드렸다면 그분들께 작으나마 꺼지지 않는 희망의 등불이 되었을 텐데, 또 그분들에게 지금과 같은 미안함과 아쉬움이 남아 있지 않았으리라는 생각이 듭니다.

꾸리아 단장

꾸리아 단장 선출의 공지가 있은 지 두 달이나 도망 다녔건 만, 결국 세 번째 달에 제가 하게 되었습니다.

첫 달엔 젊은이 몇 사람이 선출을 받았으나 아이들이 어려서 못한다고 해서 달을 넘겼고, 지난달엔 하겠다는 자매가 있어 선출되었으나 본당에서 다른 큰일에 쓰시겠다며 신부님의 승인이 떨어지지 않았습니다. 그리고 또 다른 자매가 추천되었으나 가정 사정으로 못한다고 했답니다.

오늘 레지오 하고 있는데 수녀님 손에 슬그머니 이끌리어 신부님께로 인도되어 갔으니, 개인 면담으로 결국 '순명'이라는 두 글자에 마음으로 받아들이게 되었습니다.

결국 오늘 꾸리아 단장 선출에서 어느 자매의 입에서 사비나의 이름이 불리었을 때, 거절하지 않고 평의원들 모두의 박수를 받으며 웃음으로 인정하고 말았습니다.

저는 이미 예전에 꾸리아 서기로 올라가 3년간 하고 단장 3년으로 졸업하고 나온 게 벌써 15년 전의 일입니다. 그런데 이제 또다시 성모님의 불림을 받아 사령관의 일꾼이 되었으니 벌써부터 머리가 지끈지끈 복잡해집니다.

전례와 제대꽃꽂이와 쁘리시디움 서기와 늘푸른대학 학장을 겸하고 있는데 이제는 꾸리아 단장까지 하게 되었으니 큰일이지요. 이 많은 일들을 어느 하나 소홀함 없이 잘해 나가야 할 텐데, 그 능력은 열심히 하면 성모님께서 주시리라는 믿음으로 받아들였습니다.

단장이 된 걸 어떻게 알았는지 벌써 정헤레나의 축하 메시지가 들어왔네요.

'형님 엄마 가실 때 왠지 형님이 거리낌 없이 일할 수 있게 빨리 가셨나 싶은 생각이 들었는데 딱이네. 수고하세요. 마련하신 자리네요.'

'고마워^^ 내 일이 아니길 바랐는데 결국 내게로 돌아왔으니 주님의 뜻이려니 주어진 대로 해 봐야겠지.'

'내 뜻대로 되는 게 있나요. 천국에서 엄마가 응원하고 계시잖아. 파이팅!'

폭탄 터지는 그림과 함께 촛불 켜진 케이크 그림을 보내 준 축하와 격려의 메시지에 감동받았네요.

이후 주위에서 하는 얘길 들어 보면, 돌보실 엄마도 안 계시고 자유로운 몸이라 시간의 여유로움이 있을 거라서 적합하지 않을까 하고들 있었다는데…. 글쎄요, 보답을 잘 할 수 있을는지 모르겠습니다.

엄마가 돌아가신 지 두 달 되었지만 아마 살아 계셨더라도 제가 하는 일에 항상 응원을 아끼지 않는 분이셨기에

"몸 상하지 않게 잘해 봐라."

하셨을 겁니다.

일을 놓아야 할 시기에 막중한 일이 더 늘어나서 조금 벅차지만 어떡하나요. 죽을힘을 다해 보는 수밖에요.

이미 마음으로 흔쾌히 받아들이면서 다행인 것은 주위에서 저를 인정해 주고 있다는 사실입니다. 그게 얼마나 행복하고 큰 힘이 되어 주는 일인지 모릅니다.

물론 하겠다는 사람이 안 나타났기에 어부지리로 제가 선택받았지만, 시켜 주시니 감사하게 아멘으로 응답할 수 있는 용기도 제게는 필요했습니다.

다음 날 저녁, 로사단장이 갖고 있던 무거운 자료를 인수받았습니다. 자료를 들추어 보던 중 연중계획표에 적힌 일들이

너무도 많아 막막함에 마음이 무거워 옵니다.

그러나 '하면 된다!'라는 각오와 저를 인정해 주시는 분들의 축하와 격려에 힘입어 무거운 마음 떨치고 평화로운 마음으로 바꾸었습니다.

성당에서 보는 이들마다 축하 인사를 건넵니다.

축하받기엔 부담스럽지만, 성모님께서 섭섭하지 않도록 잘해 보겠습니다. 제게 할 수 있다는 열정만 있으면 성모님께서 저를 잘 이끌어 주실 거라 믿습니다.

전국 다락방도 봉사했는데 이 정도야 얼마든지 할 수 있습니다. '사비나~ 아자아자, 파이팅!'

사랑했던 전례부를
떠나면서

덜덜 떨면서 전례를 처음 시작하던 날. 그리고 새벽에 눈 비비고 나와서 예수님 말씀 전하기를 지금까지 날수 헤아려 보니 그럭저럭 이십여 년의 세월.

초심의 마음을 잃지 않았기에 지금까지 두근거리는 심장 박동 꿈틀거리는 교만을 끌어내렸어요. 처음엔 내 실수에 놀라 당황함이 눈에 띄어 남들이 알아차렸는데, 이제는 노련함으로 실수를 해도 감춰 버렸지요.

매일미사, 성모신심미사, 성시간, 특전미사, 새벽미사, 교중미사, 저녁미사, 영세식, 견진세례식, 혼배미사, 장례미사, 성주간미사, 부활미사, 성탄미사, 추석 및 설 미사, 체육대회미사, 성전봉헌식미사, 성지순례미사, 여름캠프미사, 사목회연수미사, 송구영신미사와 천주의 성모마리아 대축일미사, 다락방피정미사….

하느님 손바닥 안에서 이십여 년을 뛰놀며 이렇게 저렇게 골고루 해 본 미사들이 제 영혼을 성장시켜 주었습니다. 덕분에 겸손을 알고 자신감을 얻게 되었지요.

1995년 최 신부님께서 각 구역으로 돌아가며 시작하게 된 전례가 서서히 자리 잡으며 전례부가 정착되었습니다.

여섯 분의 신부님을 모시면서 하던 전례는, 2014년 12월 31일 송구영신 밤 미사해설이 한복 입은 저의 마지막 모습이었습니다.

그런데 미사 중에 신부님께서 뜬금없이 한 말씀하십니다.

"오늘이 마지막 해설이지요?"

"네."

"몇 년 했지?"

"이십 년 했습니다."

갑자기 교우들의 박수가 터졌습니다. 고개 숙여 인사하면서 얼굴이 달아올랐습니다. 전혀 의도한 일이 아니었습니다. 미사 중에 있을 수도 없는 일이었기에 순간 저도 몹시 당황하였습니다.

양 신부님의 미사집전으로 송구영신미사 중에 생긴 일이었습니다. 뜻하지 않게 해설 대에 서서 전 신자 앞에서 작별을 고하게 되면서 큰 박수를 받는 영광은 제게 있어 평생 잊을 수 없는 보람이었습니다.

"최고였습니다. 더 하시죠."

"축하합니다. 아쉽네요."

"정말 수고하셨습니다."

미사 후, 교우들의 정성 어린 따뜻한 말과 전례부원들의 사랑이 한 아름 꽃다발 되어 제 가슴에 새겨집니다.

이제는 말씀 안에서 제대가 아닌 내려가 듣는 곳으로 가렵니다. 시원섭섭함이 가슴을 뭉클하게 하여 어느덧 아련해진 이십여 년 세월 되돌아보며 홀연히 떠나갑니다.

하느님의 달콤한 말씀을 머리로 듣고 입으로 전하고 가슴에 새겼던 솜털같이 포근하고 행복했던 시간들이 요동칩니다. 사십오 세에 떨면서 시작한 전례를 육십오 세에 노련한 마음으로 마치게 되니, 말씀 안에서 숨 쉬던 시간들이 달콤합니다.

"아직 더 하셔도 되는데 왜 그만두세요? 더 하세요."

라고 해 주시는 교우들 말씀에 교만이 꿈틀대기도 했지만 잡아 줄 때 인정받으며 멋지게 떠나가렵니다.

신앙 안에서 전례하며 아팠던 등허리도 치유되었습니다. 주님 사업의 일꾼으로 봉사도 많이 하면서 저의 삶이 영적으로 성장되기도 했습니다.

　오늘 송구영신자정미사로 전례부의 끈을 놓았지만, 믿음을 잃지 않고 생활 속의 일상을 묵상하며 살아가렵니다.

나의 정열은
어디까지

요즈음의 겨울 날씨는 완벽하리만큼 맑고 깨끗한 날씨랍니다. 햇볕이 따뜻하게 내리쬐는 청명한 날에 눈부신 햇살의 온기를 받으며 기분 좋은 하루를 시작하려고 합니다.

집 안에서와는 다르게 성당에 가려고 밖을 나가 보니 '으아-!' 겨울다운 찬 공기가 제 몸을 번데기처럼 움츠리게 합니다. 북한산의 찬바람이 얼굴에 다가오기에 칼라 깃을 턱까지 여미며 찬바람을 막아 봅니다.

오늘 아침 부엌 바깥 창가에서 발견한 고드름은 위 어디에선가 떨어져 제법 두터이 높게 쌓여 있었습니다. 그 옆으론 가늘고 긴 고드름들이 나란히 매달려 있네요. 처마도 아닌 우리 집 조그만 창문에서 보는 고드름이 신기합니다.

북쪽에 위치하고 있어 햇빛을 보지도 못하는 다용도실 창쪽이라 위에서 조금씩 떨어지는 물이 얼어 고드름으로 변신되어 있었으니, 자연이 만들어 낸 북쪽 추위는 마술사였습니다.

미사를 마치고 난 후 감실 앞에 앉아 오늘은 왠지 잠시 저를 돌아보는 시간을 가져 보았습니다.

언제나 성실하고 아름다운 삶으로 사는 멋진 여인이고 싶었습니다. 어렵고 힘들게 봉사하면서 신부님 큰소리에 속상함으로 울기도 했었고, 때론 칭찬도 들어가면서 자긍심도 가지다 보니 이제는 저의 정체성도 알게 되었답니다.

'어차피 하는 봉사니 즐겁게 하자!'

이제는 제게 주어진 삶을 받아들이는 것에 자연스럽게 익숙해지고 있습니다. 식을 줄 모르는 저의 정열이 어디까지일지는 모르지만, 지금까지 한 일들은 예수님이 주신 달란트로 탁월한 선택이었습니다.

예수님께서 주신 달란트로 전례도 하고, 아름다운 꽃으로 제대를 꾸미고, 늘푸른시니어대학에서 어르신들을 즐겁게 해 드리고, 꾸리아 단장을 지내면서 단원들 보살피며 제 신앙을 키우고, 주일엔 점심식사 준비하여 교우 분들이 만나 즐겁게 식사하고 가시도록 주방일에 봉사하면서 나름 기쁨의 정체성을 지켜 갑니다.

아침에 뜨는 햇빛의 화려함이 제 마음을 포근하게 해 주듯이, 제가 하고 있는 일들이 예수님께서 길을 열어 주신 것이라 믿으며, 남은 삶은 물 흐르듯 조용히 흘러가도록 인정하려고 합니다.

발버둥 친다고 되는 것도 아니었으니 맡겨진 대로 순응하다 보니, 어느새 봉사에 젖은 제 인생은 이미 즐기는 에지 있는 중년의 여인이 되어 있었습니다.

평의원 연수
일박 이 일

아침 여덟 시, 수유성당 앞에서 만나 출발한 버스가 한참을 달려서 열두 시경에 도착한 곳은 내장산 가기 전 시내에 있는 식당이었습니다. 금강산도 식후경이라고 내장산에 들어가기 전에 점심부터 먹여 줍니다. 아침도 안 먹은지라 식당의 후한 점심 식사에 모두들 흡족해했습니다.

단풍의 여왕인 내장산에는 아직 옷을 갈아입지 않은 나무들이 많았습니다. 더러는 곳곳에 햇빛을 흠뻑 받은 단풍나무가 빨간 잎이 되어 관광객들의 눈길을 끌어 짧은 감탄을 자아내기도 합니다. 가을 단풍으로 아름답다는 내장산은 다음 주쯤 찐하게 물들 것 같네요.

부지런히 걸어서 내장산 끝까지 들어갔다 나오려니 시간이 모자라서 호수가 있는 정자까지만 갔다가 되돌아 나오며 하늘을 바라봅니다. 눈부신 햇빛에 반사되어 옷을 갈아입으려는 은은한 색깔로 변한 쭉쭉 뻗은 나무들이 하늘아래 내장산 길을 감싸 안은 듯 참으로 아름다웠습니다.

들어갈 땐 신나게 걷느라 몰랐는데 매표소에서 주차장까지 걸어내려 오는 길이 꽤나 멀었습니다. 내장산 안은 잘 정돈되어 있고 풍성한 나무들이 낙엽을 뿌리고 있건만, 내장사 매표소 밖에서는 많은 택시들이 내장산을 돌자고 주차장에서부터 호객 행위를 하고 있어 시끌벅적하네요.

내장산을 빠져나온 버스는 굽이굽이 산길을 돌고 돌아가는데 아찔하도록 구불구불한 오르막길은 좁기도 합니다. 한 굽이 돌아가면 산이 보이고 한 굽이 돌면 낭떠러지로 깊고 깊은 골짜기 아래로 까마득한 마을이 보여 새가슴이 되어 쫄리기도 하지만, 산골 숲속의 아름다운 비경에 탄성들이 울려 퍼집니다.

나뭇잎 사이로 눈부신 햇살이 내뿜고 있어 단풍들은 휘황찬란합니다. 어느 정도 올라갔는지 이제는 내리막길을 달음질치고 있습니다. 아래로 내려다보이는 산길의 절경 또한 아름다움의 극치였습니다. 이 나이에 처음 가 보는 내장산에서 백양사 가는 산길은 말로 표현할 수 없는 길이었습니다. 가을이면 많은 사람들이 내장산을 찾는 이유를 알겠습니다.

　드디어 위에서 까마득히 보였던 마을을 지나면서 편편한 길로 들어서니 스릴감은 없어도 안심이 되는 가운데 백양사 입구에 다다랐습니다. 입장료를 사기엔 늦은 시간이라 매표소 옆 주차장 길로 슬금슬금 들어가 백양사를 향해 부지런히 걸어가니 일행들도 슬쩍 뒤따라 들어옵니다.

　시끌벅적 혼잡했던 내장산 국립공원 반면에, 아늑하고 조용한 길을 따라가니 '조선팔경 국립공원 백암산 백양사'라고 쓰인 아담한 바위 하나가 우람하게 우뚝 세워져 백양사 입구를 지키고 있습니다.

　안쪽 절 뒤에는 웅장한 바위산이 평풍처럼 아름드리 받쳐주고 있어 백양사의 운치를 더욱 멋지게 해 주었습니다. 늦은 시간이므로 백양사 안까지는 들어가지 못하고 절 마당 입구에서 관망하며, 바위 앞에서 단체로 인증사진을 찍고서 되돌아 나왔습니다.

　올라갈 때 보지 못했던 호수 옆 둘레 길로 들어가 데레지나와 카타리나와 세실과 함께 환하게 웃는 사진도 박으며 호젓한 오솔길을 재밌게 걸어 나가 봅니다.

　'바스락' 낙엽 밟는 가을의 소리가 가슴에 울려옵니다.

　떨어지는 낙엽을 보면서 두 달만 지나면 이 해도 저문다는 생각으로 쓸쓸하지만, 그래도 오늘의 관광은 멋진 풍경에 기분이 좋습니다.

나바위 피정의 집에 도착했을 때는 이미 어둠이 짙게 깔려 있어서 주위를 살펴볼 수가 없었습니다. 식당으로 들어가 차려 놓은 음식을 먹고 나서 삼 층 숙소에 짐을 풀어 놓고는 밖으로 다시 나갔습니다.

오솔길의 계단을 올라가니 성전 안에서 팔각 창문을 통해 흘러나오는 불빛으로 중후한 한옥의 모습이 장엄하게 보입니다. 조용히 들어가 앉아 둘러본 성전 내부도 한옥의 전통 양식 그대로였습니다.

늦게 오는 사람들까지 기다려 주셨던 신부님께서 차분하게 나바위 성당의 유래를 말씀하십니다.

"나바위 성당은 국가지정문화재사적 318호로, 김대건 신부님이 중국에서 사제가 되어 조국에 입국하며 첫발을 디딘 축복의 땅이다. 라파엘호 배편으로 귀국길에 올라, 죽을 고비를 수없이 넘긴 끝에 강경에서 좀 떨어진 '황산포 나바위 화산 언저리'에 닻을 내렸다. 성당제대 감실 안에 김대건 신부의 목뼈일부와 다블뤼 신부 유해가 모셔져 있다. 설계는 명동성당을 설계한 프와넬 신부가 하고 목수 일은 중국인들이 맡았으며 건축 양식은 한옥의 전통 양식을 취했지만, 창문만은 중국인들에 의하여 중국 전통 창문으로 만들어졌다. 그 뒤 흙벽은 양식벽돌로, 용마루 부분 종탑을 헐고 성당 입구에 벽돌로 붙여 고딕식 종탑을 세웠으며 외부 마루는 회랑으로 바꿨다. 그리고 다시 회랑 밑 부분을 석조로 개조하여 오늘까지 보존되고 있다. 특히 성당 내부에는 전통관습에 따라 남녀 석을 구분하기 위한 칸막이 기둥이 그대로 남아 있다."

이곳 나바위 성당은, 우리 본당에서도 육 년 전에 안드레아 신부님 계셨을 당시 전 신자 기차 여행을 했었던 곳으로 성모님이 서 계신 넓은 앞마당에서 전신자가 야외미사를 드렸었는데 대단했습니다.

당시 우리 늘푸른대학 봉사자들은 어르신들 살피느라 주위를 돌아다녀 볼 새도 없었는데, 오늘에서야 신부님의 자상한 설명에 나바위 성당 유래를 조금이나마 알게 되었습니다.

자유시간으로 숙소 뒷마당에서 친교의 나눔을 했습니다. 좀 추운 날씨라 신부님의 배려로 마당에 모닥불을 피워 주셨습니다. 감자와 고구마를 호일에 싸 불속에 넣어 구워지기를 기다립니다. 간부들의 사랑으로 준비한 간식을 먹고 마시며 친교를 이루는 화기애애한 분위기로 웃고 즐기는 시간들이었습니다.

적당한 시간에 슬그머니 숙소로 들어가 씻고는 잠자리에 들었습니다. 내일의 새벽 여섯 시 미사를 위하여….

다음 날, 주일 새벽미사를 드리고 나서 시간이 여유가 있기에 성당주위의 나지막한 산새를 한 바퀴 돌아보았습니다. 익산의 나바위 성당에서 고딕 양식과 한국식 건축의 조화로움을 봅니다.

성당 앞에는 치유의 경당이 있습니다.

경당 위에는 베드로의 배신과 회심을 상징하는 새벽닭이 세워져 있습니다. 죄의 상처와 아픔을 자비로운 예수님께 맡기고 그 안에서 치유를 청하는 경당이랍니다. 경당 안을 빼꼼히 들여다보고는 내려와 아침을 먹었습니다.

아침을 먹고서는 모두들 산을 올라간다면서, 새벽에 다녀온 저보고 안내를 하라는 꼬미시움 안드레아 단장의 명이 떨어졌습니다. 단원들이 뒷마당에 모이기를 기다리며 동동거리고 있는데, 날씨도 추우니 기다리는 동안 몸 좀 풀어 달라고 하네요.

그래서 아침의 신선한 공기 마시며 간단한 체조를 실시했습니다. 〈우리 모두 다 함께〉라는 율동으로 온몸을 풀고 나니 아이들처럼 너무나 좋아라 하며 얼굴 가득 함박꽃이 피었습니다.

뒤꼍에 나 있는 십자가의 길을 따라 음미하며 걸어갔습니다. 십사처 가는 길엔 교우들이 집과 성당을 오갈 수 있는 길이 밭두렁 사이로 나 있습니다.

언덕의 산이 너무 아름다워 금강과 평야를 한눈에 들여다볼 수 있는 자그마한 언덕을 화산이라 불렀으며 화산 성당이라고도 했었답니다. 마을 이름도 화산리이며 화산 끝자락에 솟아 있는 바위가 나바위라고 하네요. 지금은 나바위 성당이라 합니다.

화산이라 쓰여 있는 바위도 살펴보면서 계단을 밟으며 산 위로 오릅니다. 그다지 높지 않은 산 정상에는 유월이면 이곳에서 피정을 하셨던 대구 교구장 드망즈 주교를 위해 지은 망금정이 있고요.

그 옆 너럭바위 위에는 김대건 신부님의 순교 기념비가 있습니다. 이 기념비는 김대건 신부 일행이 타고 온 라파엘 배 크기를 본떠 제작했다고 합니다. 또 언덕을 내려오는 계단입구에는 김대건 신부님의 동상이 서 계십니다.

야외미사 드리는 중앙제대 위 언덕엔 평화의 모후 동상의 어머니가 나바위 성지에 오시는 모든 이를 반기며 우리의 기도를 전구하십니다.

어젯밤 강의에서 웃으며 재미나게 들은 신부님의 얘기를 간추려 보면 다음과 같습니다.

예전 신부님께서 스님을 찾아가 성당을 지으려는 뜻을 밝히고 이곳에서 나가 주시기를 정중히 부탁했는데 문전박대를 당하고 쫓겨 나와 하루하루를 기도로 보내셨습니다.

그러던 어느 날, 암자를 지키던 스님께서 바랑을 짊어지고 초대 주임 베르모렐 신부님을 찾아와 '이제 나는 이곳을 떠나니 이 화산과 암자는 신부님 마음대로 하십시오.'라는 말에 알아봤더니, 스님의 꿈에 웬 여인이 나타나서 '이 자리는 내 자리니 이곳에서 빨리 나가거라.' 하며 매일같이 스님을 괴롭게 했다는 것이었습니다. 그래서 그 자리에 나바위 성지를 지키는 평화의 성모님이 세워졌답니다.

일박을 한 나바위 피정의 집을 떠나 서울로 오면서 서천 생태공원으로 달려갑니다. 깔끔하게 조성된 생태공원엔 많은 관광객들이 모여들었습니다.

공원 안에서 셔틀 열차를 타고 좀 가다가 내려 줍니다. 건물 안으로 들어가니 시원한 정글이었습니다. 바나나가 달린 야자 열대식물원도 있고요, 악어가 사는 정원도 있고요, 예쁜 물고기들이 노는 아쿠아리움도 있는 넓고 넓은 정글이었습니다.

골고루 보려면 몇 시간은 족히 걸릴 텐데 주어진 짧은 시간 내에 뭐 대충 둘러보고 나갔습니다. 멀리 있는 셔틀열차 오기를 기다리다 걸어 나갔더니 가깝고 훨씬 빠르네요.

그렇게 대충 바쁘게 돌고 나와 정문에서들 모였는데, 결국 안 나온 분이 있어 꽤나 많이 기다렸다가 신성리 갈대밭으로 출발합니다.

엄청 키가 큰 갈대밭에 들어가니 사람이 보이지 않습니다. 풍성한 갈대밭은 바람에 나부끼며 바스락바스락 소리를 냅니다. 태양에 그을린 은색의 물결들이 너울너울 출렁거리는 사이로 햇살이 들어와 눈부십니다.

갈대밭 사이를 빠져나와 둑방에 서서 갈대밭을 바라봅니다. 엄청 넓은 평야에서 갈대가 바람에 하늘거리며 춤추고 있습니다.

나오는 길에 아줌마들은 토산물 먹거리 파는 곳에 멈춰서 밤도 사고 땅콩도 사고 특산물을 고르며 가족들을 위하여 이것저것 사들입니다. 짧은 시간 내에 돌아보는 일정이 숨 가쁘게 바쁩니다.

예정보다 늦게 도착한 홍원항의 예약된 식당에서 바다의 비릿한 내음을 맡으며 매운탕으로 맛있는 요기를 했습니다. 전어철인지라 전어 무침과 전어구이가 무한 리필로 나옵니다. 여기요 하면 미처 굽지를 못해 덜 익은 상태로 나올 정도였습니다.

집에서는 가시 많다고 안 먹는 전어였는데, 집 나간 며느리도 돌아오게 한다는 전어구이를 우리 일행 모두가 원 없이 먹었으니 참 착한 식당이었네요.

식사를 마치고는 역시나 주부들이라 수협 위판장으로 들어가 해산물들을 살피며 가족들을 위하여 싱싱한 생선들을 삽니다. 이토록 엄마들의 마음은 어디를 가나 가족을 향한 사랑이 모두가 한결같습니다.

많은 일정이 조금씩 늦어지는 바람에 솔뫼성지는 취소되었습니다. 제한된 시간 안에 솔뫼성지까지는 무리한 일정이었지요.

홍원항에서 맛있는 점심을 마지막으로 하고 서울로 달려갑니다. 바쁜 일정 속에 몸과 마음도 덩달아 바쁘게 움직였습니다. 이번 평의원 연수는 색다르게 준비한 즐거움의 일박 여정이었습니다. 준비하신 꼬미시움 간부님들께 감사드립니다.

백주간 4년

2013년 12월 17일에 시작한 백주간 성서 공부를 긴 시간 사 년에 걸쳐 2017년 11월 28일 오늘 드디어 완전히 끝맺었습니다. 그래서 다음 주에 백주간 하신 분들에게 쫑 미사를 드리기로 했답니다.

수유성당의 데레사님이 두 달 정도 봉사를 시작해 주고는 우리끼리 해도 된다며 만장일치로 하요안나를 반장으로 뽑아 주고 떠났습니다.

우리 팀은 배데레사, 양데레사, 하요안나, 김사비나, 이요안나 형님, 박실비아, 글라라, 카타리나 등 여덟 명으로 시작했습니다. 그러나 각자의 사정으로 한 명 두 명 슬금슬금 빠져나가더니 2015년 6월에 남은 회원은 하요안나, 양데레사,

김사비나였으니, 세 명은 은근과 끈기로 질기도록 끝까지 버틴 대단한 노력파들이었습니다.

오늘로 끝낸 백주간은 정말 시원하기도 하고 섭섭하기도 합니다.

'이젠 이 시간 뭘 하지?'

백주간을 하면서 묵시록에 대한 공부도 해 보았습니다. 예전에 몇 번 읽었을 땐 내용도 이해하기 어려웠고 무섭기만 하다고 느꼈는데, 이번엔 알량한 실력을 동원하여 인터넷을 찾아 요한보스코 신부님의 설명을 읽어 보면서 궁금증을 풀어 속이 시원했습니다.

백주간을 하면서 묵시록에 대한 탐구도 열심히 노력한 끝에 얻은 결과였기에 주님이 주신 지혜를 써먹은 것 같아 몹시 기뻤습니다. 며칠 지나면 잊어버릴지라도...

이 나이에 읽기 싫은 성경을 백주간을 통하여 다시 한 번 훑게 되었습니다. 언제 또 이런 공부를 해 보겠습니까?

65세에 시작하여 68세에 끝을 본 결과입니다.

기쁩니다, 해냈습니다! 제 자신이 대단하다고 느껴집니다.

"요안나, 우리들을 이끄느라 수고했고요. 데레사 영세 받은 지 얼마 되지 않은 중에 무조건 따라오느라 고생했어요. 우리 중 한 명이라도 낙오되었더라면 중도 하차되어 끝맺지 못했을

텐데…. 끝까지 남은 세 사람 요안나, 데레사, 사비나, 대단
해요! 감사해요! 사랑합니다!"

　마지막 복습의 끝맺음은 이러한 제 심정을 전하는 것으로
마무리했답니다.

시

낭송하는 날

매년 성모의 밤 행사 때마다 천상의 모후 꾸리아와 교대로 하던 시 낭송을, 올해는 성모성심 꾸리아에서 하는 날입니다.

그동안은 자료를 만들어서 다른 이들에게 낭송하도록 했었습니다. 올해도 몇 분에게 부탁을 해 봤지만 떨려서 못 한다고 모두 거절합니다.

하는 수 없이 올해는 제가 시 낭송을 해야 하는가 봅니다. 내년이면 꾸리아 단장도 임기가 끝나 시를 낭송할 기회가 없을 테니, 이번 성모의 밤 시 낭송은 어쩔 수 없이 제가 마무리해야 할 것 같습니다.

오전에 레지오를 마친 후, 한 회장님의 차로 안젤라 수녀님과 양재꽃시장을 다녀왔습니다. 성모의 밤에 봉헌할 단체들의 화분과 제대 꽃을 한 아름 사 왔습니다. 꽃값이 어찌나 비싸던지 얼마 사지도 않았는데 꽃값이 너무 많이 지출되었다고 수녀님께서 걱정하십니다.

이번 성모의 밤엔 제대를 장미꽃으로 장식하자고 수녀님 말씀하셨는데, 장미꽃들이 터무니없이 비싸 정작 장미는 성모님 화관용으로 세 단만 사고 좀 저렴한 다른 꽃으로 준비했습니다.

성당에 도착해서 양재서 배달 온 꽃들을 정리하는 동안 한 회장님은 앞마당·뒷마당 나무들을 전지하고 있어 마당에 온통 잘린 나뭇가지들이 흐트러져 있습니다. 그 모습을 보니, 제 일이 다 끝났다고 그냥 가기엔 미안스러워 빗자루 들고 앞마당에 버려진 가지들을 치우고 나서야 등허리를 펼 수 있었습니다.

뒷마당은 루까 아저씨께 넘기고 여섯 시에 견진 친구들 모임이 있어 간다 온단 말없이 살짝 나와 버렸습니다.

그런데 저녁 미사 후, 편지봉헌과 시 낭송할 사람들끼리 미리 연습해 보자는 전례단장 연락을 받고 가 보았습니다.

하, 신부님 두 분과 수녀님 두 분도 나와 계십니다. 마이크 앞에 서기만 해도 떨리는데 네 분의 눈동자가 지켜보고 계시니 심장이 떨려 옵니다. 더구나 저녁에 견진 친구들 모임에서 못 마시는 맥주 한 모금에 얼굴은 달아오르고 가슴은 쿵쾅쿵쾅 요동치는 바람에 숨을 못 쉬겠습니다.

제 차례가 되어 독서대 앞에 섰는데 진정이 안 되어 숨 가쁘게 후다닥 읽어 내려가니,

"더 천천히~ 다시, 더 천천히~ 너무 빨라 더 천천히~"

"신부님, 너무 천천히 하면 신자들 지루해요."

"그래도 천천히 해. 감정 살려서~"

어마나! 감정까지 살리라네요. 전례부 마이크를 놓은 지가 오 년차 되어 가는데 어찌 안 떨리겠나요? 제 딴엔 엄청 천천히 읽이 내려가긴만 계속 빠르다고 하십니다. 에고, 가슴도 벌렁거리고 숨도 찹니다.

"…2018년 5월 성모의 밤에."

마치고 신부님을 바라보았습니다.

"김옥성 사비나입니다, 해야지."

"네, 알겠습니다. 내일은 그렇게 하겠습니다."

결국 심호흡해 가면서 여러 번 반복해 본 마지막 결과는

"그래, 내일 그렇게 천천히 하면 돼."

집에 와서 녹음하여 들어 보니 천천히 했는데도 정말 빠르네요. 실패와 실패를 거듭하다가 '에라, 모르겠다!' 하며 시낭송하듯 나긋나긋 천천히 해 봐도 역시나 빠른 느낌이었습니

다. 이렇게 여러 번 반복하며 들어 보다가 결국엔 손뼉 치면서 그제야 감 잡았습니다.

"그래, 이거야!"

녹음한 것을 계속 들어 보면서 천천히 하는 연습을 했습니다. 문제는 내일 실전에서 할 때 떨려서 빨라질까 봐 걱정이랍니다.

드디어 대망의 날. 어젯밤에 정성껏 만든 화관을 박스에 담아 보자기로 예쁘게 묶어 들고 성당에 일찍 나가 수녀님께 전해 드렸습니다.

이어서 성모의 밤 꽃꽂이와 성령강림 꽃꽂이를 겸하여 우아하게 정성 들여 제대 앞에 꽂았으니, 제 마음에도 참으로 흡족했습니다.

땀이 주르륵 흘러내리도록 토요일 오늘 날씨가 몹시 덥네요. 성모님이 타실 가마의 꽃꽂이까지 끝내고 나니 세 시가 넘었습니다. 어제오늘 바빴으니 이제 집에 가서 좀 쉬어도 되겠습니다. 이제 저녁때쯤 정갈하게 준비하고 성모의 밤 행사에 갈 일만 남았습니다.

그런데 쉬어도 쉬는 게 아니었습니다. 망신당하지 않으려니 좀 남는 시간에도 감정을 실어 실전에 임하는 자세로 시 낭송에 열정을 쏟았기 때문입니다. 딱 이번만 하고 나면 홀가분

해질 테지만, 곧 닥칠 오늘 밤의 시 낭송이 문제였습니다. 결국 쉴 새도 없었네요.

집에서부터 성당까지 차분한 마음으로 여유 있게 도착해 한복으로 갈아입고 독서대 앞자리에 들어가 마음 흔들리지 않도록 조용히 앉았습니다.

드디어 순서에 따라서 성모님께 화관을 씌워 드리고, 단체들의 화분을 봉헌한 후, 모든 교우들이 개인 촛불봉헌을 합니다. 양옆에서 열심히 연습들 하는데 저는 마음을 가다듬고 천천히 숨을 내쉬었습니다.

초능학생 자료에도 '전천히'라는 단어가 곳곳에 쓰여 있네요. 순서에 따라 초등학생이 먼저 불리어 독서대에서 편지를 읽습니다. 그러자 갑자기 제 가슴이 두근두근거립니다.

'주님, 왜 이러십니까? 제게 평화를~ 주님, 제게 평화를~ 왜 이러세요.'

위로받고자 가슴에 십자가를 그어 봅니다.

두 번째로 해설자가 제 이름을 부르자, 심호흡 한 번 하고 일어나 차분히 걸어 나갑니다. 제가 꽂꽂이해 놓은 제대 가운데에 밤새워 만든 화관을 쓰고 서 계시는 성모님께 다소곳이 인사드리고 천천히 독서대로 올라가 섰습니다.

'천천히 하자, 천천히, 릴렉스….'

조용한 가운데 숨을 한 번 고른 다음 천천히 입을 열었습니다.

"성모님의 눈으로 바라보면
이 세상 그 어떤 것도 아름답게 볼 수 있을 겁니다.
눈 안에 가시였던 사람도 예쁘게 보게 되고
미웠던 남편도 사랑으로 바라볼 수 있을 것 같습니다.
등 돌렸던 형제들에게도
제가 먼저 손을 내밀어 화해를 청할 수 있겠지요.
성모님의 눈을 바라보고 있으면
제 마음은 절로 평화로워집니다.

성모님의 귀로 들으면
어떤 소리든 아름답게 들을 것 같습니다.
나쁜 소문이 들려도 개의치 않고 털어 내릴 때
세월이 지나 때가 되면 사실이 밝혀져 오해가 풀리겠지요.
성모님 귀로 들으면 나쁜 소리도 기분 좋게 들립니다.

성모님의 입에서 나오는 말씀은
아름답고 겸손하며 감미로우십니다.

속상하다 하여 투덜대며 거친 말을 내뱉으면
듣는 사람 상처 되어 마음 아파하겠지요.
미워도 속상해도 상처 주지 않도록
성모님 입이 되어 사랑스럽게 말하겠습니다.

성모님 마음은
사랑으로 한없이 부드러우며 평화롭습니다.
예수님께로 향하는 마음 한결같듯이
저를 생각하는 마음 늘 변함없으십니다.
저도 성모님 마음으로
저의 가족과 형제들 친지와 이웃들에게
행복한 마음으로 사랑을 전하겠습니다.

성모님은
눈도 아름다우시고
귀도 밝으시고
입은 웃음을 머금고
마음은 온화하시고 평화로우시며
다정다감하신 우리 엄마입니다.
우리도 성모님 닮는 아들딸이 되기를 봉헌합니다.

2018년 5월 19일 토요일 성모의 밤에, 김옥성 사비나."

낭송이 끝나 갈 무렵에는 가슴이 떨려 오고 손도 덜덜 떨립니다. 입술에 경련이 일어났지만 마음을 진정시키며 안 떨린 척 내려와 성모님께 다소곳이 인사를 하고 들어가는데, 사진을 찍고 있던 서승목 씨가 엄지 척하며 작은 소리로 힘을 실어 줍니다.

"엄청 잘했어요."

옆에 앉아 계시는 노엘라 수녀님 역시 엄지 척으로

"참 잘했어요."

"후, 너무 떨려요."

역시나 떨리고 숨차 오르고 입술에 경련이 일고 얼굴이 달아오른 것이 쉽게 가시지 않았지만 안 그런 척 꼿꼿이 앉아 있었습니다.

이어서 성소 후원회 자매가 편지를 읽은 후, 베드로 보좌신부님이 이해인 수녀님의 글을 읽으시고, 전례부 대표로 글로리아가 시 낭송을 하면서 조용한 순간의 시 낭송 시간이 모두 끝냈습니다. 이 시간까지는 모두가 숨죽이는 시간이었습니다. 너무 조용했습니다.

이벤트로 신부님 두 분과 수녀님 두 분이 함께 노래를 부르시니, 그때서야 얼음 되어 긴장했던 마음들이 사르르 녹아내리며 웃음들이 터져 나오고 박수가 터졌습니다.

시 낭송했던 오늘 마지막 성모의 밤은 긴장 속에서 이렇게 마치게 되었으니, 마치 황무지에서 살아난 느낌이었습니다. 오늘 성모의 밤은 힘든 날이었습니다.

성모의 밤에 참석한 모든 교우분들의 단체 사진을 찍었습니다. 밖으로 나가면서 정말 잘했다는 인사와 내용이 내 마음이라는 분들의 얘기를 들으며, 그제야 부끄럽게 졸였던 한시름의 마음을 내려놓을 수 있었습니다.

한 자매가, 오늘 낮에 와서 성모의 밤까지 참석했다며

"형님, 오늘 꽃꽂이가 너무 예쁘고 아름다워요. 내가 사진 찍어서 우리 본당 꽃꽂이하는 형님께 보내 드렸어요."

이러저러한 칭송에 오늘의 시 낭송 시간은 제겐 큰 영광이 되었습니다. 오늘 시 낭송을 하게 해 주신 예수님·성모님께 감사드리며 아름다운 밤이었습니다.

다음 날 일요일은 노인분과에서 웃으며 인사하는 날이어서 현관 앞에서 주보를 나눠 주고 있었습니다. 뜻하지 않게 많은 분들이 어젯밤 잘 들었다며 인사를 해 주십니다.

신부님도 로비로 오시면서

"어제 최고 잘했어. 그래 그렇게 천천히 하는 거야. 아주 잘

했어."

"네, 신부님 뜻 늦게야 감 잡았습니다."

신부님도 칭찬을 아끼지 않으셨으니 감사할 따름이었습니다. 안젤라 수녀님도 격려차 칭찬해 주셨습니다.

"직접 쓰신 거예요? 내용도 좋고 낭송도 정말 잘했어요."

꾸리아 단장으로서 처음이자 마지막 시 낭송을 멋지게 해냈다니, 성모의 밤으로 인해 제가 이토록 즐거운 날은 처음이었습니다. 많은 칭찬에 힘을 얻어 저 스스로에게 칭찬을 해 봅니다.

"사비나야, 너 정말 잘했대!"

꾸리아 단장을
떠나면서

꾸리아 육 년의 시간이 한순간에 지나갔습니다.

오늘 단장 자리를 내놓는 선거를 마지막으로, 2019년 11월에 꾸리아 단장의 자리에 마침표를 찍었습니다. 짧다면 짧고 길다면 긴 육 년의 세월이 지나고 보니 꼭 하루 같습니다.

육 년 전 어느 날 레지오 회합하던 도중에 수녀님에게 이끌려 신부님 앞에 불려가 꾸리아 단장을 하라는 명을 받게 되어 본의 아니게 순명하게 되었습니다.

월 회합 시작할 때는 삼 년만 하고 물러난다는 말을 했지만, 결국 재임으로 삼 년을 더 연장한 다음 칠십이 된 오늘에서야 꾸리아 단장에서 물러납니다.

힘든 만큼 보람이 더 컸으니 후회 없는 신앙으로 열심히 신심을 다져 왔습니다. 그동안 성모님의 도우심으로 레지오 군대의 강력한 힘을 받아 순명하며 육 년 세월을 열심히 몸 바쳤습니다.

마음과 함께 열심히 뛰면서 성모님의 사랑 없이는 할 수 없는 육 년이란 긴 시간을 아무런 상처도 받지 않고 무사히 마치게 되었으니 무척이나 감사한 마음입니다. 이 글을 쓰면서 생각해 보니 저는 많은 단원들의 사랑을 먹으며 무탈하게 지내왔습니다.

부단장 마리셀리나가 단장으로 선출되고 프란치스카가 부단장으로 선출되어 힘찬 박수를 쳤습니다.

이때 좋아서 박수 쳐 주던 제가 갑자기 섭섭한 마음이 드는 건 왜일까요. 그러면서 무거운 짐을 벗었다는 시원함에 한마디 했습니다.

"육 년 동안 이 자리에 앉고 보니 머리가 빠져서 가발을 썼습니다."

웃자고 한 소리에 모두들 기꺼이 웃음으로 답을 주기도 했습니다. 떠나는 이 자리는 시원섭섭하다는 말이 아주 적합한 말이었음을 실감합니다.

회합을 마치고 나니 뜻하지 않게 꾸리아 세간부가 깜짝 이벤트로 마련해준 한 아름의 꽃다발을 받으며 얼결에 단원들에게도 마지막 인사를 하게 되었습니다. 그때 그만 감격의 마음이 울컥하여 눈시울을 글썽거렸습니다.

더하고 싶어도 할 수 없는 이 자리는 예수님의 영광과 성모님 은총의 보살핌과 단원들 사랑이 어우러진 자리였음을 생각하며 기쁘게 떠나갑니다.

"단원 여러분, 진심으로 감사하며 주님의 평화가 여러분과 함께하기를 빕니다. 사랑해 주셔서 감사합니다."

가정의 화목은 부부 하기 나름이고
남편에게 사랑받으려면 여자 하기 나름이고
하느님께 은총받으려면 사랑하기 나름이었습니다
영광이 성부와 성자와 성령께,
처음과 같이 이제와 항상 영원히 아멘

5부

/

하
느
님
의
사
랑
이
야
기

하느님은
하수도에도 계시우?

얼마 전 때 아닌 가을비가 무척 많이 온 날, 남편 공장에서의 일어난 일이었습니다.

그날도 어김없이 공장 마당에 있는 하수도가 막혀 물이 고이기 시작하니 모두가 우왕좌왕했답니다.

하수도 고치는 사람을 불러서 얼마의 합의를 보았지만,

"오늘은 비가 너무 많이 오니 내일 고치겠습니다."

하면서 가 버렸답니다.

그러나 내일은 소용이 없습니다. 당장 오늘이 필요합니다. 이대로 비가 계속 더 온다면 큰일이다 싶어 남편은 하수도 앞을 왔다 갔다 했지만 별 뾰족한 수가 없더랍니다.

지난여름 장마 때도 이런 물난리가 있어서 직원들과 함께 밤을 새우면서 난리를 쳤었습니다. 만일 이번에도 공장 안으로 물이 넘쳐 들어간다면 많은 물건이 다 망가져 큰 손해를 보게 됩니다.

안절부절못하고 공장 안팎을 들락날락거리면서 하수구에 물이 얼마나 찼을까 살펴보며,

"주여! 제발 도와주십시오."

하고 다급한 외침이 저절로 나오더랍니다.

요즈음 남편은 이상하게도 본당 사목 일에 성의를 다하여 봉사하고 있으며, 또한 주님이 계시다는 것도 여러 번 체험했기에 성경도 자주 읽으며 저녁이면 식구와 함께 모여 묵주기도까지 바칠 정도로 주님을 가까이했습니다.

'주님은 어디든지 계시다는데 정말 하수도에도 계시는가?'

남편의 절규와 같은 기도를 들으셨나 봅니다.

조금 있더니 갑자기 '쏴아!' 하는 소리에 마당으로 뛰어나가 보니 잔뜩 고여 있던 물이 어느 사이에 조금씩 빠져나가가다가 쏴아 하며 빠지고 있는 게 아니겠어요?

이토록 신기할 수가 있을까요?

"주여! 감사합니다."

짤막한 기도와 함께 하도 기뻐서 공장장을 불렀더니

직원들도 다 따라 나왔답니다. 그리고 외쳤답니다.

"이봐라, 공장장아! 성당 다니면서 주님을 찾으니깐 하수도도 공짜로 뚫어 주시잖니!"

"원 형님도! 하느님이 하수도에도 계시우?"

하면서 직원들과 함께 호탕하게 웃었답니다.

주님은 당신을 찾는 이에게는 이렇게 사소한 일에까지 사랑을 베푸시기에 더욱더 자주 가까이하고픈 분이신가 봅니다.

: 이 이야기는 1985년 12월 15일에 서울 대교구 주보 명례방에 실었던 글이었습니다.

목 없는
특별한 예수님

가정복음화 세미나 첫날이었습니다.

가톨릭회관 삼 층 강당 로비에서 책상에 앉아, 오시는 분들을 도와드리기 위해 봉사자들은 미리 가서 준비를 하고 있었습니다.

그때 총무 형제님이 십자가에 매달리신 목 없는 예수님의 5단 묵주를 보여 주면서 자랑을 합니다.

"대부가 외국 여행 갔을 때 사다 준 것인데, 예수님의 목이 없으신 특별한 묵주야."

보니 그 묵주는 정말 목이 없는 예수님이 십자가에 매달려 있는 아주 특별한 묵주였습니다.

한 자매님이 살펴보더니,

"에이, 불량품이네."

하니 형제님은 정색을 하며

"아냐. 정말 목 없는 특별한 분이시라니깐."

그러나 또 다른 자매님이

"그럼 예수님이 목을 앞으로 떨구고 계실 거야. 자세히 보세요. 앞쪽으로 머리가 있을 거예요."

"응? 아무리 봐도 머리가 없는데."

서로 만져 보며 의견이 분분했습니다.

"어디 저도 좀 볼게요."

하며 제가 받아서 묵주에 매달린 십자가의 예수님을 살펴보고 만져 보았습니다. 양팔이 걸쳐 있는 곳은 매끄럽게 되어 있고, 다리 쪽도 매끄러운데 목 부분만큼은 껄끄럽고 그 특유의 쇠 색깔이 나타나 있었습니다.

"목이 부러진 거네요."

했더니 형제님은

"아냐, 뒤를 봐요. 못 자국이 양팔하고 발하고 세 개뿐이잖아. 목이 부러졌다면 위에도 못 자국이 있어야지. 여긴 없잖아. 이 십자가 만드신 분이 이유가 있어서 머리를 안 만드신 거라니깐. 그래서 특별한 묵주란 거야."

그 말을 받아 또다시 제가 말했습니다.

"아니, 가시관 쓰신 예수님은 계셨어도, 머리에 못 박힌 예수님은 본 적도 들은 적도 없고 성서 책에도 없는데요? 그러니 당연히 위에는 못 자국이 없죠."

그때서야 형제님은 이해를 했는지 자기 이마를 탁! 치며 말하는 겁니다.

"아차! 진짜 불량품이네."

오늘 목이 부러진 예수님이란 것이라고 밝혀졌을 때, 그 순간 우리들은 배를 쥐어틀며 바닥에 주저앉아 얼마나 웃었는지 모릅니다. 정말 어찌나 우습던지 눈물이 나올 정도로 배를 움켜잡고 눈물까지 흘리며 한껏 웃었습니다.

십자가에 목 없이 매달려 계신 예수님을 특별한 예수님으로 생각하고 대부님께 감사하며 열심히 기도했을 형제님은, 보는 사람들마다 특별한 줄로만 알았던 이 묵주를 보여 주며 오늘같이 자랑을 하셨을 텐데 어쩌나.

예수님은 뼈 하나 안 부러지고 돌아가셨다는 성서 말씀대로 이루어졌다는 성서 구절도 있었건만, 외국서 온 그 특별한 묵주만이 목이 부러졌음은 왜였을까?

미스터리였던 특별했던 예수님은 역시 특별한 불량품이었습니다!

죽으면
매운탕 끓여 먹지요

장충동 베네딕도 피정의 집에서 사제와 수도자들의 세미나 묵상회가 있어 봉사하게 되었습니다.

첫날부터 비가 오면서 바람이 세차게 불더니 갑자기 추워지기 시작합니다.

피정의 집 입구 계단 위에 놓여 있는 그리 크지 않은 아담한 못에서 커다란 붕어 몇 마리가 유유히 노닐고 있는 모습을 바라보고 있었습니다. 그때 좀 일찍 오신 젊으신 수녀님도 함께 보시며 걱정하십니다.

"저 금붕어들 추워서 어떡해요."

"수녀님, 괜찮아요. 금붕어는 얼음 속에서도 살아요."

"그래도 얼음 속은 추우니 금붕어가 불쌍해요. 얼어 죽으면 어떡해요."

"금붕어는 안 죽어요. 추워도 살고 얼어도 살아요. 걱정 마세요."

"금붕어의 물이 요 정도밖에 안 되는데 꽁꽁 얼어 버리면 금붕어는 죽잖아요."

"걱정 마세요. 정 죽으면 매운탕 끓여 먹지요, 뭐."

같이 봉사하던 마리율리엣따는 기겁을 하며 웃고, 수녀님은 기가 막히신지 한번 움찔하며 웃으시더니 금붕어 앞을 떠나 버리셨습니다.

순간 저는 생각했습니다.

우리들 대화 속에서 수녀님은 순수한 마음으로 생명체를 아끼시는 분이셨고, 반면에 저는 세속에 물들어 웬만한 아픔엔 무뎌져서 매운탕 끓여 먹는 농담을 쉽게 해 버리는 속물이 되어 있었습니다. 물론 전 매운탕을 별로 좋아하지 않습니다.

피정의 집에서 금붕어를 얼어 죽게 내버려 두지도 않을 뿐더러, 수녀님께서 금붕어가 얼어 죽을까 봐 어찌나 노심초사하시는지, 다만 그 걱정거리를 없애 드리려고 얼결에 나온 말이 매운탕이었음을….

하느님의 생명체를 가엾게 걱정하시는 수녀님을 본의 아니게 놀린 꼴이 되었지만, 순간 제 자신도 매운탕 소리에 깜짝 놀라 매운탕거리도 안 되는 금붕어를 쳐다보며 한참을 실소하였답니다.

금붕어들이 들었을까요? 매운탕 소리를…?!

하느님의
사랑 이야기

지금은 웃으며 기쁘게 봉사하고 있습니다만 저도 한때는 영혼과 육신이 병들고 타락한 적이 있었습니다.

남편이 지나치게 자상하고 잘해 주는 것에 대한 반감으로 미워하는 마음이 생겨났고, 남편 사랑의 집착으로 속박당하는 것 같아 짜증났지요.

어느 사이엔가 하느님이 주신 제 개인의 자유의지가 남편에 의해서 서서히 없어졌습니다. 가정만 지키고 있어야 좋아하는 집착이랄까요? 제 친구들과 놀러 가는 것도 싫어하는 남편은 가족들과 함께 다니는 걸 좋아합니다.

잘해 주는 것도 제게는 미움과 불만으로 타락하여 사십 대 초반 어느 때인가부터 등허리가 아프기 시작했습니다. 너무 아파서 진찰을 받았더니 등 디스크라는 말씀을 들었는데, 운동을 해 보랍니다.

대수롭지 않게 여기고 가끔 진통제만 사 먹었습니다. 그런데 문제는 아침에 일어나서랍니다.

달동네의 마당 넓은 집이었지만, 장독대 밑에 목욕탕 문은 작아서 구부릴 수 없는 등허리를 뒤로 젖히고 들어가다 보면 문틀 각진 모서리에 마빡을 세게 부딪쳐 팔짝 뛰도록 엄청 아프기도 했습니다.

세수하려면 등허리가 구부러지지 않아 목욕 의자에 꼿꼿이 앉아서 두 손으로 물을 뜨면, 물이 얼굴에 닿기도 전에 팔뚝으로 흘러내려 속옷까지 다 젖어 버립니다.

누웠을 때 전화벨이 울리면 아주 힘들게 꿈틀대며 일어나 겨우 손을 뻗쳐 수화기를 들을라치면 얄밉게도 뚝 끊겨 버립니다. 이렇게 누웠다가 일어나는 시간이 제게는 고통이었기에 밤에 잠자기 전에는 절대 눕지를 않았습니다.

제가 누웠다 일어나는 데는 순서가 있습니다. 제일 먼저 다리를 옆으로 돌리고, 그다음 엉덩이, 그다음은 등허리, 등과 어깨를, 마지막으로 머리를 움직인 다음 장롱 꼭지를 잡고 천천히 일어나는데, 움직일 적마다 '아고고' 소리 내며 일어납니다.

남편이 팔베개해 주려고 "이리 와!" 하면 반대로 누웠던 몸을 꿈틀대며 힘들게 돌아눕는 사이에 남편은 잠들어 버립니다. 이런 고통은 저만 아는 일이지요.

자고 나서 아침이 문제지, 일단 몸이 풀어지면 잘 돌아다닙니다. 그래서 씻는 일은 저녁에 합니다.

팔 년 전 어느 날, 출근했다가 들어온 남편이 머리가 심하게 아프다면서 갑자기 끙끙대며 고통스러워했습니다. 순간 당황하여 어찌할 바를 몰라 본당 바오로 신부님께 전화 드렸더니, 바로 오셔서 주님의 이름으로 길게 안수 기도해 주시고 가셨습니다.

신부님 가신 후, 남편은 끙끙거림 없이 긴 시간 편하게 잠을 잘 수 있었습니다. 남편이 깨어났을 땐 머리 아픔이 치유되는 동시에 남편을 미워했던 제 마음도 회개하게 되었습니다.

미움이 없어졌을 때 사랑이 오가고 기쁨이 넘치니 부부의 결점까지도 긍정적으로 보게 되었습니다. 집착이 아니라 사랑의 가족 지킴이었습니다.

하느님을 체험한 남편은 어느 날 저를 혜화동에 있는 교구 철야 성령기도회에 데려다주면서 봉사하라고 했습니다. 그러면서 남편은 저의 협조자가 되어 제가 봉사하는 일을 물심양면으로 많이 도와주었습니다. 또 운동도 하라며 에어로빅 학원에도 보내 주었습니다.

이렇게 등허리 아프기를 그럭저럭 십여 년이 되었습니다. 운동도 재미있어 열심히 했습니다.

저는 철야기도회에서 제 허리를 낫게 해 달라고 기도했습니다. 할 수 있는 기도는 다했습니다. 병원에 가지 않고도 낫게 해 달라고 미사와 묵주기도와 화살기도를 열심히 하며 지냈습니다.

철야에서 성체현시 중 경배할 때는 등허리를 구부리기 힘들어서 엉덩이를 쑥 빼고 반절만 합니다. 그것도 한 손으로는 힘없는 등허리를 받쳐야 했습니다.

그래서 오래 엎드려야 하는 성체거동 때는 육신이 고통스러웠지만 그래도 기도해 봅니다. 낫길 간절히 바라는 마음으로….

"주님! 당신의 종으로 봉사하고 있는데, 아프지 않아야 열심히 일을 하죠. 당신의 종이 몸이 아프면서 일을 하면 남들이 흉봅니다. 몸이 아프면서 남을 위해 봉사한다고요. 그러니 제 남편을 치유해 주셨듯이 제발 저도 당신의 영광을 입게 해 주세요."

그 이후 등허리 낫게 해 달라고 기도하며 봉사한 지 삼 년만에 정말로 제게도 하느님의 영광이 찾아왔습니다.

1996년 4월 19일, 본당에서 새벽미사 해설을 한 후에 맨 앞 줄 귀퉁이에 앉아 조배하고 있었습니다. 그때,

"가까이 오너라. 가까이 오너라. 내가 치유해 주리라."

라는 말씀이 들렸습니다. 주위를 살펴보니 아무도 없습니다. 다시 눈 감고 묵상 중에 또 소리가 들려옵니다.

"가까이 오너라. 너를 치유해 주리라."

둘러보다가 조용히 가운데 안쪽으로 자리를 옮겨 앉아 감실을 바라보면서 등허리에 손을 대고 구마기도를 한 다음, 치유기도와 심령기도를 하면서 감사의 기도까지 드리고 있었습니다.

그때 뒤에서 자매님 한 분이 오셔서

"기도해 드릴까요?"

하시기에 옆자리를 비워 드렸더니 제 허리에 손을 대고 십자가를 그으며 주님의 기도를 몇 번 바쳐 주셨습니다. 대신 저는 감사한 마음으로 기도해 주시는 그분을 위해 기도했습니다.

자매님은 다른 기도는 없이 오로지 주님의 기도만 하시곤 본인의 자리로 가셨다가 밖으로 나가는 문 소리를 들었습니다. 누군지는 전혀 모릅니다. 성전의 불은 소등된 상태라 뒤를 돌아다봤지만 캄캄하여 알 수가 없었습니다.

조용히 마무리 기도를 바치는데, 등허리에서 스르르 뭔가 느낌이 오는 듯합니다. 그 순간 기쁨이 오면서 치유받는 확신

이랄까요? 그냥 가슴이 벅찼습니다.

그렇게 예수님 앞에서 사십 분 정도 앉아 있다가 성당을 나왔습니다. 상쾌한 새벽바람을 맞으며 상큼하게 걸어가는데 기분이 좋아 저절로 찬미가 흥얼거려졌습니다. 걸어가면서도 의심이 들어 틈틈이 허리를 움직여 보았습니다. 괜히 즐거워집니다. 괜히 웃음이 났습니다.

그러면서 밤에 자고 일어나 봐야 알 수 있는 거라며 오늘 새벽미사로 일찍 일어났기에 한숨 더 자고 일어났습니다. 그런데 정말 신기하게도 거뜬히 일어났습니다.

'이럴 수가, 내게 치유가? 아냐, 밤에 길게 자고 일어나 봐야 돼.'

의심 속에 하루 일과를 마치고 그날 밤은 정말 편안하게 잤습니다. 뒤척이는데도 아프지 않았고, 남편이 팔베개를 해 주며 "이리 와" 했을 때 잠들기 전에 얼른 돌아누울 수도 있었고, 장롱꼭지를 잡지 않고도 벌떡 일어날 수 있었고, 전화가 끊어지기 전에 받을 수 있었지요.

그날로 등허리를 구부릴 수 있으니, 목욕탕 들어갈 때 이마 부딪칠 일이 없어 얼마나 좋은지요. 이제는 밤에 세수를 하고 자는 것뿐이 아니라, 아침에 세수하고 머리도 감을 수 있었으니 기뻤습니다.

등허리의 부드러움이 이렇게 행복할 수 있다니요. 십 년 만에 제 육신의 치유가 거짓말처럼 성체 앞에서 이루어졌습니다. 새벽미사 해설한 날 치유가 이루어졌기에 저는 전례부를 무척 좋아합니다.

병원에 다니며 치료를 받은 적이 없습니다. 지금은 속박이 아닌 남편의 도움을 받으며 하느님이 주신 지혜로 기쁘고 자유롭게 봉사하고 있습니다.

이 시간까지 저희 부부는 하느님의 은총을 많이 받았기에 다시 한 번 주님께 감사드리고 싶습니다. 그리고 봉사하라고 철야기도회에 보내 준 남편과 조심히 잘 다니라는 친정엄마와 잔소리 안 했던 사랑하는 아이들에게도 고맙다고 말하고 싶어요.

정말 지금까지 등허리가 아프지 않아 살맛난답니다.

가정의 화목은 부부 하기 나름이고, 남편에게 사랑받으려면 여자 하기 나름이고, 하느님께 은총받으려면 사랑하기 나름이었습니다.

"영광이 성부와 성자와 성령께, 처음과 같이 이제와 항상 영원히 아멘."

일출회의
초대

며칠 전, 올해도 일출회 모임에 참석해 달라는 두 번째 초대를 받았습니다.

작년 참석에는 멋모르고 가볍게 갔었지만, 초대의 이유를 알고 난 올해도 가야 하나 말아야 하나 하는 갈등으로 약속 시간이 다가와도 결정을 내리지 못했습니다.

일출회 모임을 하시다가 먼저 하늘나라에 간 세 분의 미망인들을 작년부터 모시는 자리입니다.

초대해 준 분들의 고마움을 생각하여 암튼 가기로 마음먹고 참석하고자 했을 때, 나는 그들에게 무엇으로 보답을 해야 할까 고민했습니다.

일출회는 한때 본당 사목위원으로 왕성하게 활동한 남녀 단체들로서 멤버가 좋다며 헤어지기 무척 아쉬워 임기가 끝난 후에 구성된 모임입니다.

사목회 총회장이었던 남편이 세상을 뜬 이후에도 팔 년이라는 세월을 변함없이 만나는 사람들이었기에 한 사람 한 사람의 마음속에는 서로 변할 수 없는 깊은 애정들이 담겨 있을 겁니다.

집에서 떠나기 30분 전, 부지런히 독수리 검법으로 생각나는 대로 글을 써 내려가다가 세실한테 전화를 했더니 받지 않습니다.

그래서 또다시 갈까 말까 망설였지만 그들이 기다릴 것이라 생각하여 편지를 접어 봉투에 넣고는, 코트 걸치며 부지런히 나가서 택시를 잡는데 오늘 따라 왜 이리도 택시가 안 오는지요.

'많이 늦을 것 같아 조바심하며 괜히 편지 쓴답시고 시간만 늦어졌네. 그런데 내 마음을 전달할 시간은 있을까? 혹시 웃음거리가 되지는 않을까? 에라, 모르겠다. 상황에 따라 하지, 뭐.'

그런데 만약 편지를 읽는다면 울 것 같습니다. 그래, 안젤라 보고 읽으라고 해야겠네요.

'주님! 택시 좀 빨리 보내 주세요. 이러다간 늦겠네요.'

4·19탑 옆 하주골 한식당. 가까운 거리라 약속 시간보다 10분쯤 늦게 들어갔는데 모두들 반갑게 맞아 주었습니다. 초대받은 사베리아 언니도 와 계시니 반가웠습니다.

내 뒤를 이어 조 베네딕도 신부님도 참석하셨습니다. 한 달 뒤에 독일로 공부하러 가셨다가 팔 년 후에나 오신답니다. 초대받아 오셨기에 정말 반가웠습니다. 베네딕도 신부님은 우리 본당의 아들신부랍니다.

파비아노 사무장님은 그날따라 본당의 세례식과 파티가 있어 못 오셨고, 서재권 회장님이 불참하셨습니다.

오신다고 했다는데, 웬일일까? 못 온다는 연락도 없으셨다는데….

남편은 일출 회원들과도 동생들처럼 친했지만, 사무장 파비아노 씨와 서재권 회장은 더욱 각별히 친하셨습니다.

나이도 비슷하여 서로 도와주면서 친구처럼 가깝게 지내신 분들입니다.

식사 전에 일출 회원들은 신비의 묵주 고리기도 결과를 가지고 묵상 나누며, 앞서가신 파비아노, 베드로, 아브라함 님들의 몫까지 기도 속에 봉헌하는 아름다운 시간들을 가졌습니다. 제 마음은 잠시나마 나의 영원한 짝꿍 파비아노 생각에 숙연해졌습니다.

그들의 나눔이 끝난 후, 초대받은 우리에게도 말할 기회가 주어졌습니다. 내 차례가 돌아오자 기다린 듯이 얼른 내 마음이 담긴 편지를 꺼내어 옆에 있는 데레사에게 주면서 대신 읽어 달라고 했습니다. 역시나 내가 읽으면 울 것 같아서…. 편지 쓸 때도 울고 싶었으니까요.

왠지 이번엔 편지를 쓰고 싶었습니다. 고맙다는 나의 마음을 전하고 싶었기에…. 말로 하면 두서없이 길어지고 제대로 전달할 수가 없을 것 같고, 눈물 날 것 같아서 혹시나 하고 써간 것이지만 그들에게 좋은 선물인 것 같은 생각이 드네요.

"일출 회원님들께 드리는 글

일출회 모임 여러분께 감사드리고 싶어서 몇 자 적어 봤습니다. 작년에도 이 자리에 왔었고 오늘도 불러 주심에 오긴 했는데…. 어색한 자리이지만 이 자리에 올 수 있었던 것은 고인이 된 그분의 덕분이지요. 진심으로 감사드립니다.

그동안 걱정 많이 하셨으리라 봅니다. 그러나 옛말에 세상일찍 뜬 사람이 억울하지, 산 사람은 산다는 그 말이 맞습니다. 저도 '아이들과 어떻게 살아가나?' 한숨 쉬고 곧 따라 죽을 것같이 몸부림쳤지만, 시간이 흐르고 흘러 팔 년이란 세월이 지나고 나니 이렇게 아이들과 잘 지내고 있습니다.

세월이 약이라는 말을 실감합니다. 대중이는 다 커서 아빠의 자리를 지키는 나이가 되었고, 수현이는 결혼하여 엄마를 걱정하는 현모양처가 되었답니다.

유독 아이들을 이뻐하고 사랑했던 사람이라 이런 모습을 못 보는 것이 안타깝지만 대신 일출 회원들이 지켜보고 계시기에 행복합니다. 저희 아이들도 아빠의 모임을 잘 알고 있습니다.

산소에 가면 기념으로 심어 주신 푸르른 나무를 항상 볼 수 있기에, 그 나무를 볼 적마다 우리 형제들과 가족들은 아빠의 친구분들을 생각하며 이야기꽃을 피우기도 합니다. 이제 저희 걱정 마시고 모두모두 행복하시기 바랍니다.

일출 회원 여러분! 매일매일 변함없이 동녘에서 해가 뜨듯이 여러분의 우정도 어떠한 방해가 있더라도 영원히 변치 않기를 기도합니다. 모두모두 사랑합니다."

식사 후 건너편 찻집에서 진한 대추차 한 잔을 마시며 이런 저런 이야기로 서로의 마음을 전하는 가벼운 시간.

헤어지기 전 단체 기념사진 한 컷, 찰칵!

"신부님, 가시기 전에 수현이·홍식이에게도 전화 한번 해주세요."

"네."

베네딕도 신부님은 제 딸과 사위와도 각별한 사이입니다. 오늘 함께한 시간들 다시 생각해 보니 잘 갔다 왔다는 생각이 듭니다.

초대해 주신 분들의 마음도, 초대받은 나의 마음도 올겨울은 더욱 푸근하고 따뜻한 한 해를 마무리한 것 같네요.

마음이 행복하여 발걸음도 한결 가볍게 선물 가득 안고 나의 집을 향하여 높은 아파트 언덕을 힘들지 않게 올라왔습니다.

이틀 후, 데레사와 안젤라에게 고마웠다는 메시지를 전송했더니 곧바로 안젤라에게서 전화가 왔습니다. 언니의 편지를 그들의 카페에 실어도 괜찮겠냐고 의사를 묻는 전화였습니다. 어차피 일출 회원 모두에게 전하는 내 마음의 메시지이기에,

"그래 준다면야 나는 오히려 고맙지."

안젤라의 입을 통해 남편에 대한 많은 옛이야기가 전화선을 타고 들어오는데, 마치 쓰여 있는 달콤한 소설을 읽듯이 말도 예쁘게 잘 전합니다.

다시금 내 마음속에도 남편 파비아노에 대한 기억이 새록새록 되살아나는 시간이었습니다. 그동안 남편에 대한 그리움을 느끼며 살기보다는 시간을 쪼개어 바쁘게 보내는 내 삶의 시간이었습니다. 오랜만에 그들만이 알고 있는 새로운 남편의 이야기를 들으며 남편을 그려 봅니다.

선하디선한 자그마한 눈과 함께 뒷짐 지고 빙그레 웃는 모습에, 그나마 눈도 안 보이네요.

내게 백돼지라 불러 주던 사람, 내 딸에게는 꽃돼지라 불렀습니다. 통통했던 모녀에게 지어 준 그 사람만이 부르는 사랑의 애칭이었죠.

못 한번 박아 보지 않은 도톰하고 부드러운 손을 보고 우리 이모님은 무슨 남자손이 이렇게 예쁘냐고 하시면서 웃으셨습니다.

아무리 바빠도 뛰는 모습을 본 적이 없는데, 어쩌다 성당 앞 건널목에서 뛰는 모습은 엉거주춤하여 신기방기.

아주 오래전에 제천서 내 막내여동생을 결혼시키고 온 날 밤, 자다가 한밤중에 공장서 불이 엄청 크게 났다는 소리에 추위도 아랑곳 하지 않고 양말도 못 신고 달려갔었죠.

이미 하늘로 치 솟는 활활 타는 불길을 바라보며 동동거리고 있는 내게 걱정 말라 하며 뛰어가는 당신. 당황하는 직원들에게는 고구마 구워 먹어도 되겠다며 농담으로 위로하고, 추운데 고생하신다며 물 뿌리시는 소방서 아저씨들 찾아 이리저리 쫓아다니며 감사하다고 전하는 모습의 남편. 이웃에 피해 주지 않기를 기도 하면서…

성당 사무실에서 동갑이신 파비아노 사무장님과 얘기하면

서 굴러가는 의자를 장난스럽게 끌고 다니는 천진스런 모습과 모든 사람들에게 부드러운 웃음 주는 정겨운 모습.

총회장으로서 두 분의 신부님을 모시며 사목 일을 오 년 동안 열정으로 몸 바쳤던 그의 멋진 모습을 잠시나마 흘러간 그리움을 재생해 느껴 볼 수 있었습니다.

"당신 아들은 성장하여 어느덧 내년이면 서른이 되어 결혼 적령기가 되었고, 사랑하던 딸은 멋있는 남자를 찾아와 작년에 결혼해서 알콩달콩 살고 있으니….

당신 없이도 난 이렇게 행복하게 잘 살고 있는 게 미안하네. 당신이 멀리서 지켜보고 있기에 사랑스런 가족들 모두 잘 지내고 있건만.

'사랑하는 남편을 절대 잊지 않게 해 주세요.' 하던 때가 언제였던가? 절대 잊지 않겠노라고 혼자 맹세한 약속은 언제였는지 연기 속에 파묻혔네.

나도 당신을 사랑했지만 당신은 나를 무척이나 사랑해 주었지. 팔 년의 세월이 흘러가 버려 어느새 내 기억 속에서 당신은 서서히 잊혀 가고 있는데, 오늘 같은 날은 보고 싶은 당신을 어디 가서 찾을 수 있을까!

당신 모습 희미하게 퇴색해 버린 오랜 시간들을 오늘에서야 끄집어내어 다시 한 번 채색해 보면서….

미안합니다. 그러나 진정 잊지 않았습니다. 오늘은 많이 보고 싶네요. 잠잘 때 꿈속에 들어와 줄래요? 기다릴게요. 꼭! 꼭! 꼭!"

낯이 익은데
어디서 봤지요?

엊그제 성탄절이 지난 일요일. 주일미사 마치고 성전 밖으로 나와 가려는데, 어느 자매와 눈이 마주쳐서 서로 웃으며 눈인사를 했습니다. 그런데 그 자매님이

"낯이 많이 익네요. 우리 어디서 봤지요?"

나는 고개를 갸우뚱하며

"글쎄요…."

하며 멋쩍게 웃으며 생각해 봤지만 저는 전혀 기억에 없었습니다. 그 자매님은 방긋이 웃으며

"저는 자매님을 어디서 본 것 같은데 생각이 잘 안 나네요."

순간 내가 못 알아보는 실수를 하는 것 같아서 만났을 만한 이곳저곳을 생각하며 머리를 빠르게 굴려 보았습니다.

'어디서 만났을까?'

그런데 아무리 생각해 봐도 미안하게도 기억에 없는 분입니다. 그러다가 순간 '아하~!'

갑자기 생각나는 게 있었습니다.

"저 혹시 오늘 제가 미사 해설을 했는데, 그때 보신 거 아닌가요?"

그분은 멋쩍어 하시며

"아~! 그런가 보다. 그런가 보네요."

하며 서로 마주 보고 웃었습니다.

미사 해설을 자주 하기에 기억에 남을 수도 있었을 겁니다. 엊그제 24일 성탄 전야 밤 미사 해설도 했고, 오늘도 교중 미사 해설을 했으니 아마도 그래서 낯익은 얼굴일 수도 있지 않았을까 생각해 보았습니다.

주님 안에서 만난 우리는 멋쩍었지만 반갑게 웃으며 헤어졌습니다. 어렴풋이나마 이렇게라도 기억해 주시는 분이 계시니 참 고마웠습니다.

혼배미사의
해설과 뽀뽀

오늘은 정마리아 딸 지은이가 성당에서 혼배미사로 결혼식을 합니다. 예수님 집에서 예수님의 이름으로 싱그러운 원앙한 쌍의 신혼부부가 태어나는 날입니다.

오랜만에 하는 혼인미사 해설이라 좀 신경은 쓰이지만, 며칠 전부터 자료를 살펴보며 준비한 터라 떨지 않고 차분하게 실수 없이 잘할 수 있습니다.

제대 앞에 아름다운 꽃꽂이와 화려한 꽃길이, 성전을 우아하게 하고 온화한 혼배 분위기를 나타내니 어제 하루 종일 힘들었지만 오늘 보니 역시 보람 있었습니다. 이렇게 지은이 결혼식엔 꽃길도 꾸며 주고 해설도 하게 되어 기쁩니다.

시간이 되자, 해설자 멘트에 따라 신부의 어머니가 자리에

착석합니다. 먼저 의젓한 신랑이 성큼성큼 입장하고, 이어서 신부의 아버지가 예쁜 신부의 손을 잡고 들어옵니다.

누구나 이 시간만큼은 아빠와 딸의 마음이 희비로 엇갈리는 순간이랍니다. 떠나보내는 부모의 마음이나 떠나는 자식의 마음은 고요 속에 깊은 울림이 있습니다.

딸의 손을 건네주는 아빠의 심정과, 다른 남자의 손을 잡으려는 딸의 심정은 참으로 기쁘면서도 서운하고 즐거우면서도 아쉬워 눈시울이 번지는 순간이죠.

화려한 꽃길 안으로 사뿐히 걸으며 입장하는 하얀 드레스의 신부에게는 최고의 날로, 평생에 한 번 선녀가 되는 날입니다.

이은형 신부님의 주례로 이어지는 미사와 혼인성사는, 참으로 경건하게 선남선녀가 하나로 되도록 모두 이루어졌습니다.

미사가 거의 다 끝나 갈 무렵부터 예쁜 신부 지은이가 눈가를 적셨습니다. 그렇게 선남선녀의 결혼식 혼배미사는 끝났습니다. 신부 측 부모에게 큰절을 드리면서도 신부의 눈물이 멈추지를 않네요.

신랑의 부모와 친지들은 지방에 사시는 교회 신도들이라서 성당에 참석하지 않은지라, 신부의 눈시울이 마르지 않아 분위기가 착 가라앉았습니다.

하객들에게 말씀드렸습니다.

"신부가 눈물을 보이네요. 잠시 분위기를 바꿔 보겠습니다. 신랑! 오늘같이 좋은 날 예쁜 색시를 얻었으니 만세 삼창 외칩시다. 자, 만세 삼창!"

신랑은 잠시 머뭇거리다가 팔을 위로 올리면서 시원스레 외쳤습니다.

"만세! 만세! 만세!"

"예쁜 신부님! 이렇게 씩씩한 신랑에게 사랑의 뽀뽀해 주세요."

신부는 부끄러운지 머뭇거리고 있습니다.

제가 먼저 "뽀뽀, 뽀뽀…" 하니, 하객들도 따라서 "뽀뽀, 뽀뽀, 뽀뽀…" 합니다. 그래도 소식이 없습니다.

"자~ 뽀뽀 안 하면 안 끝납니다."

이 소리에 신부는 드디어 신랑 뺨에 뽀뽀를 하니 침울하고 경건했던 성전 안이 웃음소리와 함께 분위기 업되어 힘찬 박수가 쏟아졌습니다.

신랑신부는 꽃길을 따라 씩씩하게 행진하며 부부의 결실을 맺는 혼인성사를 마쳤습니다. 제대 위에서 예수님과 성모님이 사랑스런 눈으로 흐뭇하게 바라보시네요.

뷔페가 준비된 사랑방에서 식사를 하고 있는데 제가 인사를 많이 받았습니다. 재미있게 재치 있는 진행을 했노라고요. 성당 결혼식에선 있을 수 없는 처음 해 본 이벤트였답니다. 이들은 신랑 측에 가서 결혼식을 또 한 번 치러야 한다 하네요.

"지은아, 축하한다."

어제는 제 며느리가 산부인과 병실에서 친손녀인 행복이가 태어나려는 바쁜 와중이었지만, 성당에 와서 장시간에 걸쳐서 제대 꽃꽂이와 꽃길을 예쁘게 장식하게 되어 만족스러웠습니다.

행복이가 태어난 오늘은 지은이의 혼배 해설까지 했으니 제게는 아주 즐겁고 흐뭇한 날이었습니다. 오늘 일정이 모두 끝났으니 예쁜 산모와 예쁜 손녀를 보러 병원으로 달려갑니다.

'예수님! 저의 의무를 다할 수 있게 해 주셔서 감사합니다. 제게도 축복 주시고 울 며느리와 행복이에게도 축복 주세요.'

대녀 아들
안드레아의 결혼식

오늘은 견진 대녀 클라우디아를 만나서 점심을 먹었습니다.

금년 말띠 해를 맞아 첫 토요일에 아들 안드레아를 결혼시킨 대녀는 그동안 눈 수술도 받아 아직은 조심해야 하는 와중에 저와 만나는 시간을 만들어 주었습니다. 결혼식의 후일담도 들으면서 영적인 담소도 나누면서 시간은 쑥쑥 지나갔습니다.

많은 사람들이 해설한 사람이 누구냐고 물어봐서 대모를 초대해서 부탁했노라고 말했더니, 너무나 경쾌하고 시원스럽게 진행을 하면서도 미사 후의 이벤트가 간결하며 즐거움을 주었다고들 그날의 분위기를 얘기해 주었습니다. 남편 스테파노 씨도 많이 좋아했다고 하네요.

신경이 곤두섰던 저로서는 좋았다니 참 다행이었습니다. 새로운 곳에 가서 낯모르는 군종 신부님들과 미사를 한다는 게 불안하기도 하고 안정이 안 되었지만, 가슴에 십자가를 그으며 차분하게 마음을 가다듬어 가며 진정시켰던 그 시간이 떠오릅니다.

육사의 주임 신부님을 만나 송천동에서 왔다고 인사를 드렸습니다.

"아, 양해룡 신부님 계신 데?"

"저희 신부님 어떻게 아세요?"

"선배 신부님이라 잘 알죠!"

"아아 그러세요?"

양 신부님을 아신다니 처음 뵙는 신부님께서 친절하게 이모저모 살펴 주셔서 친근감으로 떨림이 좀 누그러집니다.

주임 신부님께 주례자 신부님들의 명단도 받아 준비하면서 초읽기에 들어갑니다. 그곳 수녀님의 도움으로 전례가운도 찾아 입었고, 오시는 세 분의 신부님마다 인사를 드리며 콩닥콩닥하는 저의 불안을 떨쳐 버립니다.

주례신부님께서 물어보십니다.

"신부들이 먼저 입장해서 기다려야 하나? 아니면 신랑신부가 먼저 들어오나요?"

"신랑신부가 입장한 후에 시작성가 부를 때 들어오시면 됩니다. 신부님!"

"그래야지~ 미리 입장하니까 기다리는 게 쑥스럽던데….."

오 분 전에 멘트에 따라서 양가 부모님 자리에 앉으시고 신랑 먼저 입장하고 신부가 아버지 손을 잡고 들어와 신랑에게 넘겨지면서 선남선녀가 팔짱을 끼고 자리에 들어오면 정각 한 시에 시작성가가 울려 퍼지면서 세 분의 사제님들이 들어오십니다.

미사를 집전하시는 주례사제의 시작기도와 더불어 강론하시는 사제께서 명쾌한 말씀을 재미있게 하시니, 듣는 이들도 즐겁고 신혼부부들에게 좋은 말씀으로 어필되어 부부로 살아가는 데 많은 도움이 되리라 봅니다.

성체 후 특송으로 신랑 어머니와 신부 아버지가 부르는 사랑의 노래가 가슴을 은은히 파고듭니다. 감동스러운 이 장면에 눈물을 훔치는 분도 계셨고, 뒤를 바라보며 부러운 듯 바라보기도 하여 듣는 이들의 마음을 동요시켰습니다.

저의 대녀는 성악을 공부하여 성가대에서 노래도 불렀고 미사 반주도 하고 있기에 오늘 같은 날 자녀들을 위하여 사랑의 노래를 불러 주었답니다. 가슴으로 세레나데를 불러 줄 수 있으니 부러움을 받는 행복한 엄마였습니다.

혼인 미사를 마치면서 주례사제께서 제게 물으십니다.

"미사 마치면 이벤트 있지요?"

"예, 있습니다."

마침 성가로 미사 예식이 다 끝난 후 신혼부부가 된 선남선
녀에게 하느님 성전에서 하느님이 보시는 가운데 모든 증인들
앞에서 박수를 받으며 서로 사랑의 뽀뽀를 할 수 있는 시간을
만들어 주었습니다.

그러고는 먼저 신부 부모님께 인사드린 다음 신랑 부모님께
인사드리고, 하객들께 인사드릴 때 양가 부모님들도 일어나
게 하여 함께 인사드린 후, 팔짱끼고 씩씩하게 앞으로 나가는
행진을 하였습니다.

모든 혼식 예식이 끝나고 나니 드디어 마음이 홀가분해졌습
니다. 신부님들 사진 찍으시러 나오시면서 진행을 잘했다며
칭찬해 주셨습니다.

육사 주임 신부님께서도 보시더니

"해설을 많이 해 보셨나 봐요. 너무 잘하시네요. 수고하셨
습니다."

"네, 신부님. 감사합니다."

발걸음 가볍게 그곳을 나올 수 있었습니다.

다음 날 저녁 무렵에 대녀의 메시지가 들어왔습니다.

'대모님~ 어제 수고 많으셨습니다. 대모님의 미사해설로 더욱 빛나는 전례, 거룩한 전례가 되었습니다. 기도 안에서 늘 대모님을 만납니다.'

'수고했네. 신부님들께서도 전례 너무 잘했다고 칭찬들 하셔서 더불어 어제는 내게도 기억에 남을 기쁜 날이었어.^^ 두 분의 노래도 놀라웠고! 사랑과 행복이 넘치는 혼배 미사였어.♥'

'스테파노도 그런 미사해설은 처음이라고⋯. 감동이었고, 큰 기억으로 자리할 거라고⋯. 대모님께 큰 감사 잊지 않겠다고 합니다. 대모님은 힘드셨겠지만 굳이 대모님 모신 이유를 모두들 알게 되었어요.ㅎㅎ 대모님을 제게 보내 주신 하느님! 감사합니다!!'

대녀가 보내 준 글은 보람되고 기분 좋은 메시지였습니다.

클라우디아가 그날 있었던 후일담을 정겹게 들려주니 설렜던 그날의 여운이 오늘 다시 살아납니다. 그러면서 냉담하고 있는 분도 미사하면서 울고 갔다면서 많은 이들이 혼배 미사 좋았다며 하나의 전교가 되었다고 합니다.

아담한 성당에서 미사를 집전해 주시는 신부님들도, 해설자도, 노래를 불러준 부모도, 성가대도 모두가 혼연일체가 되어, 그날의 주인공인 선남선녀를 행복한 신혼부부로 만들기 위해, 훈훈한 분위기에서 혼배하도록 하느님께서 안배하셨나 봅니다.

제가 전례를 잘할 수 있도록 베풀어 주신 달란트는 제게 있어 엄청난 축복이었습니다.

새해 목감기

새해 첫 주간은 목감기로 인해 몸을 다스려야 했습니다. 가급적 외출을 삼가고 집에서 방콕하며 지내다 보니 목감기는 잡혀 갔지만, 마음은 우울하여 기력이 떨어져 손가락 하나 꼼지락거리기 싫을 만큼 아무것도 하기 싫어졌습니다. 그러나 어제는 금요일이라 레지오 회합이 있어 나가야 했습니다.

설상가상으로 밖에서 점심 먹고 온 것이 장염까지 생겼으니, 몸과 마음이 만신창이가 되는 기분이라 순간 짜증이 확 몰려옵니다.

말할 상대도 없이 혼자라는 것이 외톨이 되어 혼자 따돌림을 당하는 느낌이 들어 괜스레 슬퍼지니 외로움이 엄습해 와 우울감이 친구하자 합니다. 몸이 아파서가 아니라 목감기와 장염이 괴롭히니 심신을 달래 볼까 하고 자리에 누워 이불을 뒤집어썼더니, 순간 제 자신이 너무 처량하게 느껴졌습니다. 그러다가 문득

'아니야, 이러면 안 되지!'

하며 벌떡 일어나 창문마다 활짝 열고는 대청소를 시작했습니다. 어서 빨리 몸을 추슬러 평소의 저로 돌아가고 싶은 마음 때문이었습니다.

찬바람이 들어와 제 몸에 부딪치니 아주 상쾌합니다. 역시나 사람은 움직일 때 가장 행복함을 느낄 수 있나 봅니다. 정신이 피곤해도 육신이 힘들어도 나를 필요로 하는 곳에서 봉사할 수 있다는 것이 즐거움이요 기쁨이었습니다.

새해 첫 주간부터 제 자신을 되돌아보는 계기를 만들어 준 목감기와 장염에 감사했습니다. 이제부터는 일이 많아 힘들다 하지 말고 주어진 일을 성실히 열정적으로 기분 좋게 받아들이기로 마음먹었습니다.

정유년, 부지런한 닭띠 해를 맞이하였으니 노력하는 나로 거듭나도록 외로움도 우울함도 모두 떨쳐 버리겠다는 각오를 다짐해 봅니다. 오늘은 몸이 안 좋은 관계로 첫 토요 신심미사를 쉬려고 했습니다. 그런데

'성모님 가마가 준비됐을까? 가마꾼들은 다 나오셨나? 성모

님 앞에 놓을 꽃도 옮겨 놔야 하는데 누가 해 주려나?'

할 일들이 아른거려 귀찮아하면서도 좀 늦게 출발했습니다. 수녀님의 전화가 들어와 있었습니다. '선서자가 있는지요?'라는 전례분과장의 메시지도 들어와 있었지만, 바쁘게 달려가느라 받지 못했습니다.

오늘은 선서자가 없었습니다. 묵주기도 시간은 다됐건만 역시나 성모님도 준비 안 되어 있었습니다. 가마꾼도 한 분이 안 오셨으니 꾀부렸던 제가 분주해졌습니다.

이분들을 모시고 이층으로 올라가 성모님과 가마를 내려와 화관 씌워 놓고 가마꾼 한 분이 오시길 기다리는데 오질 않으시네요. 시간이 되었으니 해설대에선 묵주기도를 시작했습니다.

하는 수 없이 제가 대신 하려고 장갑을 끼고 있는데, 마침 미사 드리기 위해 들어가시는 형제님 한 분께 도움을 청하였더니 허락하셨습니다. 그래서 다행히도 묵주기도를 하면서 성모님이 입장하실 수 있었습니다.

이렇듯 제 오지랖이 필요하니 제 몸은 아프면 안 된답니다. 물론 이러한 일이 꼭 저에게 주어진 일은 아니었습니다. 선교분과장과 꽃꽂이를 하다 보니, 부족한 부분이 제 눈에 보여 첫 토요일은 제가 오지랖을 떨어야 하는 날이 되어 버린 겁니다.

신심미사를 하기 삼십 분 전에 교우들의 묵주기도 소리를 들으면서 성모님 가마가 입장하여 제대 위에 모셔 놓습니다. 그리고 미사가 끝난 후엔, 두 분의 신부님께서 참석한 교우들에게 성령의 안수를 주시면 저 역시 힘을 받습니다.

이렇게 잠시나마 꾀부렸던 몸과 마음이 신심미사에서 정화되어 제 자신은 새로이 다짐해 보는 기분 좋은 시간으로 돌아옵니다. 뒷정리를 한 후 성전을 나가려다 웃으며

"수녀님, 제가 전화를 못 받았는데 왜 전화하셨어요?"

"전례부서 선서자 있는지 물어보길래요."

"네에, 오늘은 선서자가 없었네요. 수녀님."

내일부터는 바쁘게 움직이며 일상생활의 기쁨을 행하렵니다. 이 몸을 맘대로 쓸 수 있으니 너무너무 좋고 행복합니다. 제게 있어 몸을 쉬겠다는 건 사치였습니다. 그리고 제 자신을 무력으로 이끄는 길임을 알았기에 제 몸을 아끼고 사랑하면서 건강 주신 주님께 감사드립니다.

오늘은 친구들과 모임을 갖는 날입니다. 모이는 날짜와 장소를 메시지로 보내면서 한마디 덧붙입니다.

'코로나 증상 있는 사람은 오지 마세요~^^'

무증상 코로나 극성으로 인해 2.5단계라 제약 조건이 많아졌습니다. 얼마 남지 않은 인생, 이러다 끝날 것 같기도 하여 불안한 마음입니다.

그래서 밖으로 나가는 것도 무서워 우리 집에서 모임을 가졌습니다. 친구들과 만나 노가리 풀며 한동안 다물었던 입들이 트여 신나게 떠듭니다.

최근엔 코로나에 대한 얘기뿐인지라 별로 할 말이 없어 지나간 옛날이야기가 화두에 올랐습니다.

오십 년 육이오 사변 전후에 태어난 우리는 이제 칠십이 되었습니다. 그 시절 다리 밑에는 고아나 생활이 어려운 사람들이 많이 살았었지요.

우리 어렸을 적엔 엄마에게 묻고 들었던 궁금했던 얘기들이 있습니다.

"엄마, 난 어떻게 낳았어?"

"다리 밑에서 주워 왔지."

"어느 다리?"

"음… 한강다리서."

요즘 어린이들도 배부른 엄마를 보면서 물어봅니다.

"엄마, 동생은 어디로 나와?"

"배꼽으로 나오지."

"배꼽에서 어떻게 나와? 나도 배꼽으로 나왔어?"

아이들의 궁금증은 예나 지금이나 같으나 엄마들의 대답이 달라졌죠.

오늘 모임에서는 어렸을 적 아이들에게 했던 말들을 떠올리며 얘기를 나누었습니다.

그 옛날에 저하고 열 살이나 차이 나는 순둥이 막내 여동생은 중학생인데도 착하고 순한 아이라서 제가 많이 놀려 먹었던 기억이 납니다.

"넌 누굴 닮아서 그렇게 순하냐. 한강다리 밑에서 주워 와서 그런가?"

하고 놀리면 막내는 눈물을 찔끔찔끔 짰습니다.

저는 어른들이 다리 밑에서 주워 왔다는 말을 지금까지도 쉽게 그 유명한 한강다리만 생각했거든요. 친구가 어이없는 듯 말합니다.

"사비나야, 너 정말 한강다리 생각하니?"

"응, 한강다리 아니야?"

"뭐래, 정말이었어? 와, 똑똑한 사비나가 웬일이래?"

"그럼 어떤 다리를 말하는 거야? 굴레방 다리?"

"어떤 다리라니… 정말 몰라서 하는 말이야? 장난하는 거지?"

"…장난 아닌데, 뭐지? 다른 다리가 또 있어? 다리?"

헐~ 그때서야 빵 터지며 눈물까지 흘려 가며 웃어 버렸습니다. 정말이지, 사람 다리는 전혀 생각도 못 해 봤습니다. 다리 밑에서 주워 왔다는 그 말에 이제야 공감이 갔습니다. 옛 엄마들의 순박했던 진짜 명쾌한 답이었습니다.

와~ 이 나이에 칠십이 되어서 다리 밑에서 주워 왔다는 뜻을 이제야 터득했다니 기막힌 일이었죠. 정말로 모든 아기는 다리 밑에서 주워 오는 거 맞습니다.

생각할수록 '다리 밑에서 주워 왔다'라는 이 말은 정말 지혜로운 옛 엄마들의 대답이었습니다. 이제부터 '다리 밑'이란 뜻의 한국말은 잘 새겨들어야 했습니다.

코로나로 막혔던 답답한 가슴이 이 한마디로 뻥 뚫려 버리며 배꼽 잡고 웃었답니다. '다리 밑에서 주워 왔지.' 다시 생각해도 기막힌 말이네요.